春文庫

老いの迷走

老後の明るい歩き方

野末 陳平

青春出版社

文庫化にあたって

本書は二〇〇八年に出した『ちょいボケ迷走記』の文庫化です。あえて改題し、「老いの迷走」としたのは、著者のちょいボケがやや進行し、迷走度がさらに強くなったからです。

著者は六十代に入ってから、「人生は死ぬまでのヒマつぶし」と割り切ってますが、文庫化にあたり一部加筆したい部分があったので、そこに人生最後のメッセージをこめ、〝老兵の最後っぺ〟という感じを狙ったのですが、思ったようにうまくまとまらず、結局は迷走気分の文章に終始した、という出来上りになってしまいました。

初版時と時代もそうとう変ったし、著者も八十歳になりましたので、老人のたわ言と楽しく読んでもらえれば著者は満足です。

二〇一二年夏

著者

まえがき

六十代はまだまだ現役で仕事ができます。体力気力もまだ充実してますが、七十代に入ると、しのび寄る老化とうまくつきあい、生きかたを模索するしかありません。

この本は老人問題を扱う硬いものではなく、快適で楽しい老後生活をあれこれ夢想する軽い読みもの、という感じで書かれています。

「今でもそこそこにいい老後だが、工夫と情報次第ではもっと面白い余生になる。そういう方向へ舵を切りかえなきゃ、生きていてもつまらない」

これが著者の思いですが、実をいえば誰の老後も、改善可能で明るい希望に充ちています。

ぼくが七十代になって心がけていることは、「もう老人なんだから、カッコいい生きかたをしようなんて思うな。それはムダな背伸びなんだ。老後はもう、見栄もプライドもいらない。セコくてカッコ悪くて、情けなくてもいいから、自分流に自然体で生きるのがベストなんじゃあないか」

こんな心境に達したら、気持ちがラクになるにちがいない、と開き直っています。そこまで達するのにあと一歩というところで、今は迷走を続けていますけど…。

主治医のドクターが教えてくれました。

「陳平さん、いまの自分は十年前、二十年前の自分とはまったく違う別の自分だ、と思わなくちゃいけません。昔の自分を引きずっちゃ駄目ですよ。老いた新しい自分として生きる道を見つけなければ──」

これこそが老後なんだ、というわけです。

肉体の衰えに精神の衰えが重なっても、まだまだ昔の自分を引きずってる状況で生きる軸足が定まらない、そんな感じの現在《いま》ですが、老後の迷走からぼくもそろそろ脱却したい、このあたりが正直なところですね。

補足すれば、ぼくは数十年ひとり暮らしを続けているので、はじめての老後を迎えるのは、いささか不安でした。でも老後生活に慣れてくると、ひとりで生きる自由と楽しみはまた格別で、これを捨てたくありません。

では、陳平の語る「ちょいボケ・ワールド」へどうぞ。

著者

「老いの迷走」もくじ

4
老後の毎日は、やっぱり「お金」が命です　135

カバー&本文イラスト　マスリラ
DTP　ステーションS

1 まさか、まさかの「老後」のはじまり

人の一生は放物線である

人間、加齢とともに成長・成熟していくと思いますか。人格円満、悠々自適、悟り達観、好々爺、そういう境地に到達していくと思いますか。

これがどうも違う。少し極端な言いかたになりますが、人間は年齢《とし》をとると、成熟や円熟どころか、自信がなくなり、鈍化し退化し心まで衰弱化し、不安で不安定で始末が悪くなることが少なくありません。

「老人は誰でも似たり寄ったりじゃないですか。七十にして迷う惑う、こんなはずではなかった、と焦りだすんです。頑固になる、怒りっぽくなる、わがまま、偏屈、分別がなくなって子ども以下になる、そのくせ欲の固まりだ。それは致しかたないことだと思いますよ、それが人間なんだから」

精神科医の知人がそう慰さめてくれました。

ぼく自身が最近そういう自分を持て余して自己嫌悪におちいることが度々なんです。電話が鳴る、出てみると、金融商品（個人国債もふくめ）のセールス、投資話、リフォーム、ハウスクリーニング、お墓のすすめなど、親しげな電話トークで売り込みが始まる途端、

「わかったッ。オレは忙しいんだ」

とガチャン。少しは話を聞いて相手をからかってやるのも楽しいと思うんですが、ぼくはだめ。見ず知らずの相手につきあってる余裕が出てきません。

加齢とともに、ぼくの人格は退歩し悪化し、不完全のまま収拾つかない乱調の境地に流されつつあるのではないか、という自覚もあります。

「なに言ってるんだ、楽しげに毎日やってるじゃないか。ぜいたく言いなさんな」

と友人知人は笑います。ぼくも、この自己分析はややオーバーかな、とは思いますが、今は亡き立川談志師匠だってボヤいていたんですからね、会うたび

にホンネで。

「若い頃の、あの元気でナマイキだった談志、陳平はどこへ行っちまったんだ。おたがいに情けねぇじじいだ。こんなだらしのない老後の自分は想像もしなかった」

かつて談志師匠とぼくは週に一ぺんテレビの仕事で会ってましたから、おたがいの様子が手に取るようにわかります。

「年齢《とし》とると人間がまるくなる、カドがとれるっていうけど、あれはウソだな。活力がなくなり自信喪失でパワーが落ちるだけなんだ」

とぼくが老いの実感を口にすると、

「昔は手に負えないナマイキでさ、言いたい放だい、やりたい放だい、好き勝手に生きてきたオレさまと陳さま、ここまでダメになったのは単なる老化かねえ」

と談志師匠。

両人はその頃、グチとボヤキを交換することで癒しと元気を得ていた同胞関係ですから、深い分析ではなく、思いつきを口にして楽しんでいる面もないとはいえません。でも、これだけは談志師匠のナマのうめき――。

「どうせ悟れない、諦めきれない、往生できない、とわかったら死ぬほうが楽だな。この不快と不安定は、死ぬ以外に解決の道はない」

なにを寝言いってるんだ、両人とも傍目には仕事もあるし人前で元気な姿見せているくせに、ぜいたくすぎるよ、しょせんわがままなんだよ。こんな批判を承知の上で、老化していく肉体《からだ》と精神《こころ》の悩みをぼく流に分析してみますと、

「人間は加齢に従って全機能が衰えていく。人の一生は放物線だ。落ちていく自分とどう折りあいをつけて、老いとともにうまく落下していくか、そこをめいめい自分流に想定して生きるしかない」

最近やっとこんな思いが定着し、ぼくは七十代なかばでどうやら老後の人生のありかたが少し見えてきました。まず自分への戒め三原則として、

「頑張らない。無理しない。争わない」

これが陳さま流の三戒。頑張ろうにも体が言うことときかない。無理したら後

遺症が恐ろしい。争ってもトクがない。ケンカのこわさや怨みのすごさは、イヤってほど知った。ここまで割りきると、生活風景が変ってきます。

三戒と同時に心すべきは、老いがもたらした自分の困った性格と、人間性の悪化への対処法です。それは、

「女房には逆らわない。友人には反論しない。他人の批判や悪口は言わない。時の流れには抵抗しない。主義主張にはこだわらない」

この五原則で人間関係を辛うじて保ち、老いの身を自衛しています。全面的には守れませんが、これを心がけていると、けっこう楽しい人生が展開してくれます。

「理想はカッコいい老人、と言われたいが、それは絶対無理として、工夫次第でハッピーな老後を送れることがわかった。これからは三戒五原則でいくっきゃない」

かくてぼくは今、時代の変化にスナオに従い、時の流れに喜んで妥協し、自分を隠して流されていく、こんな平和で楽しい老後はないのでは、と開き直っ

ています。

そんな立場で、〝はじめての老後〟を迎える読者にあえておせっかいを言わせてもらうならば、「人間、トシをとるとけっこう楽しくて面白いですよ。いやいや、頭の切りかえと工夫次第で自分の老後は改善されてもっと楽しくなります。老後は誰にとっても、改善が可能な余生なんです」

うーん、ちょっと偉そうな上からのモノ言いですね。

でも、ここまでくるまでに、ぼくにもまさかまさかの肉体的大変調があったのです。まずはその話からね。

突如、オシッコが出なくなる異常事態

人間、年齢《とし》とるのは楽しいことじゃありません。自分がまさか老人になるな

んて、ぼくは思いもしなかった。若い頃、年長者に向かって、
「ヤだねえ。人間、トシはとりたくねぇもんだ」
なんてね、えらそうに生意気な口きいてたもんです。今さらながら恥ずかしい。

老人になると、なにが起こるか、これは老人になってみなけりゃわかりませんよ。心身にまさかまさかの大変化が襲ってくる、体の故障が次々と起こる、とだけ言っておきましょう。

ぼくの場合はね、オシッコが突如とまってしまった。尿意はあっても全く放水しないんだ。それも七、八時間に及んだ。あの時は苦しくてあわてましたよ、初めての体験なんだから。

その日は午後、浜松で関係してるゴルフ場の役員会議をしてましてね。冬だったが、夕方トイレに行ったところ、さっぱりオシッコが出ません。おかしいとは思ったが、別に気にも留めず、会議が終わって浜松駅まで送ってもらいました。駅のトイレで用を足そうとしたものの、これもまた硬着状態でね、溜

まった感触なのにオシッコが出てくれないんです。

新幹線で東京までの一時間半は、笑うに笑えぬ地獄でしたよ。指定席だったのに、そこには五分も座っていなかった。浜松から東京までずっとトイレに閉じこもっていたんです。

それも、しゃがむ洋式、立ったまま用を足す男用、それを行ったり来たりで、何とか絞り出そうと、振ったり叩いたり、飛んだり揉んだり下腹部をゆすったり、新幹線に揺られながら一時間半てえもの、オシッコしたい一心でトイレで悪戦苦闘。あの様はまさに滑稽そのものでしたね、今思えば。

「小便が出てくれない。こんなにも苦しいものか」

東京駅へ着くまで一滴も出ず、タクシーでわが家にたどり着くや、ぼくは素っ裸になってシャワーを浴びながら、体中を揺らして、「出ろ出ろ！」と叫びましたが、タラリとも水滴が出てきてくれません。

「時間経過を待とう。朝までには何とかなるだろう」と考えたのがシロウトの浅はかさ。夜の十一時すぎになっても一向に改善はなかった。気をまぎらわそうとテレビをつけましたが、画面なんぞウツロで、オシッコの誘い水（？）にはなりません。あたり前ですけどね。

ここでハタと気がついた、親友のドクター矢端《やばた》正克さんに電話で相談してみようと。

「我慢してもムダだよ。すぐ病院へ行きなさい。明日まで待っても、第一眠れないし、このままじゃ大変なことになる」

かくて主治医のアドバイスに従い、東京女子医大の急患へひとりでタクシーを飛ばしたんです。

十数人が待ってたから、我慢できないぼくは係の人に、

「苦しいんです。お願いします。早くウ！」

すると係は、「順番です。苦しいのはみんな同じ」と冷たい返事。

深夜の待合室を飛びはねながら時間をつぶし、待つこと二十分かな、やっと順番がきた。女医さんだったが、

「あの、オシッコがずっと出なくて……」

「ハイ、導尿ね」

この一言で、助手が慣れた手つきで何やら細い管を用意しましてね、ぼくのオシッコの出口に突っこんだ。痛かったけど、この管のおかげで溜まっていた中のオシッコがどくどくと外へ放出され、あっという間に体も気持ちも軽くなりました。

「おいおいウソみたい。さっきの苦しみは何だったんだ。ああ、スッキリした」

ぼくは様変りに陽気になり、意気揚々と凱旋《がいせん》(?)しましたが、実はこれが第一ラウンドでしてね、翌日、オシッコのたびにあそこが刺すように痛い。我慢できなくて、改めて東京女子医大の泌尿器科で本格的な診察・検査をしてもらうことにしたんです。

結果は老人にありがちの前立腺肥大。放っておくと、いつまたオシッコがとまるかわからないという診立てで、

「旅先でまた、出なくなったら困りますから、肥大のところを削る手術してし

まいましょう。前立腺ガンではないから、ご心配なく」

という医師の進言で手術に踏みきり、約一週間入院しただけでこの問題は解決しました。

入院中はイヤでしたよ。体内に管が張りめぐらされてる感じで動きがとれず、ひたすらじっと我慢の子でしたが、全快してみるとオシッコ関係ではまるで何事もなかったような以前の正常体に戻っていました。

とはいえ、オシッコは相変らず近いし、トイレに立ってもすぐには出てくれないし、勢いがないのはもちろん、一回で完了せず断続的に後を引いたりと、老人特有のモタモタ排尿状態は続いていますし、夜中にオシッコで何回か目が覚めるなんてのは、老人だから諦めるしかありません。

とはいえ、よく眠れた朝なんぞ、トイレでどっと快よい放尿が訪れるのは嬉しい限りです。これは前立腺手術の大成果でしたね。

前立腺肥大、その次は眼に異常がきた

どうも体調がおかしい、どこかに故障が生じたらしい、そう思ったら我慢せずに病院へ直行。これが前立腺手術後のぼくの日常になってしまいました。医者にいわせりゃ、前立腺肥大なんてのは病気のうちに入らない、老人なら誰だってあたり前ってわけなんですが、ぼくの場合、次の故障は眼にきたんです。

それまで病気らしい病気をしたこともなく、入院の経験もなかったせいで、初めぼくは事態を甘く見るクセがあるんですね。

前立腺手術後の秋、読書中に、眼の中を墨汁のような黒い渦まきがぐるぐると舞った。数十秒でおさまったので、

「何だろうな。そのうち医者に診てもらおう」

この程度で放置していたところ、また黒い渦が出てきた。飛蚊症なんてのは斑点がちらつくだけで、どうってことないようなんですが、眼の中を黒い渦が乱舞すること二回でしょう、流石《さすが》に気になって四谷駅前の眼科医を訪ねたんです。「ああ、これは放っとくと大変なことになりますよ。すぐ大きな病院で手術したほうがよろしいです」

メモしてくれた病名が、

「網膜静脈分枝閉塞症」

聞けば静脈からあふれ出た血と水が目の中に溜まって視力減退の現象を起こしているとか。焦りましたよ。また手術か。でも失明しちゃ元も子もない。直ちに病院だ、ってわけでまたまた東京女子医大に行ったんです。

ところが大病院は待ち時間がえらいロスだし、診てはくれるが医者が助手レベルで、手術までになかなか踏みきってくれません。それだけ難しい手術らしくて、白内障なら簡単なんでしょうけど、ぼくの場合は手術までに七回の通院を要して、やっと十一月に施術となったんです。

　また入院しましてね、一週間で退院できたとはいえ、経過が必ずしも順調でなくて、再手術もしてもらいましたが、失明は免れたものの、視力の回復は医師の期待通りにはいかない不本意な結果となりました。

「時間はかかりますが、いずれ元のようになると思いますから、しばらく様子見に通院して下さい。最悪の状態は脱してます」

　これでいわば一件落着。視力を奪われちゃ仕事にならないし、何よりも日常生活が不便で不自由ですから、ぼくはメガネの活用で急場をしのぐことにしました。

　これがまた滑稽でね、視力定着までの暫定使用と思っているので、新調するとフレーム代が高くつく。そこで旧型のそれまでのフレームを利用し、レンズだけ新しくすることにしたんです。

　まず読み書き用のお手元メガネ。パソコン用の七十センチぐらいの焦点メガネ、これは業者にすすめられて五万円も払ったが、どうってことない買いものでした。ほかに、数メートル先までを見る中距離用、テレビ出演用に色つき二個、あわせて五つを視力正常化までの暫定分として作ったわけです。

「なに、五個も作ったの？　一個でいいのに、ムダだよ、そんな」

と友人には笑われましたが、こっちは真剣ですよ。その時その時で使い分けしていかないと、眼が人並みの役を果たせないのだから、苦肉の策とはいえ、ほかにどんな解決策がありますか。

眼がよく見えないのは困りますよ。足元がまったくおぼつかないし、街の景色などは波うって見えるし、人の顔はボンヤリ、テレビの画面もぼけたまま。字幕などそばまで寄っても読めませんからね。

それだけじゃない。眼が一生けんめい見ようと働くので、体に負担がかかってなぜか疲れやすい。読書だってメガネと拡大鏡を併用して、やっと一時間で二十頁かそこら読むって具合ですから、老後における眼の不調はぼくにとって大誤算でした。

「これ以上の手術はないんですか？」

医師にただすと、

「医療としては、もうナニもすることはありません。自然治癒を待つのみです」

と見放されてしまいました。東京女子医大の教授は手術前にたしか、こう説明してくれたのです。

「この手術は、ここでは私しかできません。九割は成功してますが、一割は……」

どうやら、ぼくは一割の不運なクジを引いてしまったようで、暫定用に作ったメガネもこの先新調するには及ばない、という答えが出ています。

「目は人間のマナコなり」

と、かつて柳家三亀松が笑わせてましたが、マナコの大切さをしみじみ感じてますね、この年齢《とし》になって。

蛇足ですが、ぼくは右の眼がほとんど見えなくて使いものになりません。左だけが〝利き目〟ってやつで、左だけで物を見ていますから、左眼の視力がこれ以上落ちたら日常生活に支障をきたします。

そこで困った時の神仏頼《だの》み。眼病平癒を祈禱してくれる全国のお寺や地蔵尊へ一時はたまにお詣りしていました。友だちは笑いますがね。

「たまにじゃお前、ご利益ないよ」って。

つまずく、転ぶ、ケガをする

男の老いはどこから始まるか。俗言では、ハメマラの順ですよね。歯と目は元気老人のイノチともいうべき機能でして、これが衰えると、生きる楽しみ半減、とここまでは常識ですが、意外と面倒なのが、足の衰えです。

「老化は、足からきますから、歩きなさい」

と事あるごとにぼくは医者から注意されますが、どうも歩くのが苦手でしてね、一キロも歩いたらもう小休止。友人から万歩計をもらいましたが、一回しか使っていません。

ところが、思わぬところで罰《ばち》があたりました。銀座のどまん中で転んだのです。ゆるい段差につまずいて、足がもつれてバッタリと。

大事に至らなくてよかった。腕をちょっと擦りむき、メガネを飛ばしただけで軽傷にもならず事なきを得たのですが、恥ずかしいのなんのって、夕方でまだ明るかったせいで、

「大丈夫ですか？」

サラリーマン風の人が手をさしのべてくれましたが、顔知られたらミットモナイ、ととっさに見栄はっちゃって、すぐ立ち上がりました。

「すいません、大丈夫です」

とは言ったものの、転んだショックで視界がもうろう、しばらく動悸がとまらない始末で、あの時は冷汗三斗の思いでしたね。

銀座で転倒するなんてまったく想定外のことでしたが、これは目の悪さに加えて、足が充分に上がらない、これも原因だった、とあとから気がつきました。

「自分じゃわからない。老人になると、足が上がらない、ここを自覚しないと

いけない」

これが転倒の教訓です。どうやら老人は足を引きずって歩く傾向があって、まったく自分はそれに気がついていない、ここが危ないんですね。

ゴルフ場で、グリーンの上を足引きずって移動する老紳士が昔はいて、キャディに注意される例がよくあったそうですが、足の上がらないこと即ち老化なんです。

そこの自覚が不足してるため、年寄りは家の中でも転ぶんです。若い時は、勝手知ったる家の中で転ぶなんてことはまず考えられなかったのに、どうしたことでしょう、年齢《とし》とると、家の中でよろけたり、つまずいたり、あげくの果てに転んでどこか痛めてしまいます。

「老人は、外で転ぶより家の中で転ぶほうが多い。外では気をつけるから転ばない、家内では安心してるから転ぶ」

と老人ホームの世話役が指摘してましたが、ぼくもそういう失敗をして危うく机のカドに顔をぶつけるところでした。わが家で転んだのが原因で、寝込んでしまった老人の例は少なくありません。やっぱり足が上がってないツケでしょうね。

こんなことを背景にぼくが狭い居室で心がけていることの二つ三つ、参考までに聞いてもらいますと、バカみたいな事ばかりですがね、まず第一に、

「電話が鳴っても、あわてて出ない」

今どき携帯電話やメールが普通なんでしょうが、わが家はいまだに旧態依然たる固定ホーム電話ですから、ベルが鳴ると、反射的に体がそっちに走り寄る。これは危ない。何かにつまずくことが多いのです。

「なにもあわてて出なくても、相手は怒らない」

てなわけで、電話にはゆっくり出ることにしています。

第二に、書留の配達や宅配便など。

玄関のベルが鳴ると、つい急いで出ようとしませんか。せっかちな性格なんですかねえ。ぼくは、何をやってても、ハーイという返事とともにあわてて出ていってしまう。これも足元に気をつけないといけないのに、住みなれた家の

中の移動だから、つい警戒心も起きなくて走り出てしまいます。たった五歩か十歩の距離なのに、なぜそんなに急ぐんでしょうねえ。

第三の注意は外、とくに電車の乗車。どんな時でもマイペースを守り、電車が来ても決して走りません。まして階段を駆けおりるなんてのは以てのほか。一台遅らせても、東京の場合は五分か十分待つだけのことですから、急いでケガする愚を避けるためにはスローペースが鉄則です。

「それは年寄りだけじゃなく、誰でも……」

同じ心得だと言いたいところですが、ぼくの見る限り、若者、中年を問わずみんな来た電車に飛び乗ろうと必死に走ってますよ。

第四は、もうくどいかな。

これは老人だけでいいのですが、信号は青になってからゆっくり渡る。赤信号でも渡って安全だ、と明らかにわかるような場合でも、青に変るまでぼくは待ちます。赤であわてて、足がもつれちまったらどうしますか。

「赤信号に変るのをボヤっと待ってるなんて時代遅れだよ。左右を見て安全と思ったら、赤でも渡る。自己責任で信号無視するのは常識だよ」と若い人たちは平然と言いますが、高齢者は信号に従い、たとえ青でも左右を見ながら渡るぐらいの慎重さが必要だと思いますね。

夜は怖いけど、スイミン薬は怖くない

年齢《とし》とると、寝つきが悪くてつらい、とこぼす老人が多いですね。定年後は朝好きなだけ寝ていられる、極楽だ、と思っていたのに、現実に年齢とってみると、まさかまさかの不眠症（!?）。これはね、老人は眠るエネルギーすらも不足してる、ということなんですって。

ぼくなんかも、十二時に床に入る。二時三時まで眠れない、なんてことザラです。眠れないと、イヤな過去、悪い思い出ばかりが浮かんできて、さらに眠

れないから、焦ります。眠れない夜の怖さを知らない人は幸せです。

「陳サン、もう入れたか?」

と談志師匠から夜の十二時ごろ電話。

「これからだ、半錠入れる」

「オレはもう半錠、追いうちだ」

誘眠剤のハルシオンをもう飲んだか、いやこれから飲む、という両人の会話です。われわれはクスリの世話にならないと、夜安眠できないクセがついているのです。

ぼくの場合はハルシオン半錠を二回に分けて使うと、だいたい六時間はぐっすり眠れて朝が快適です。ハルシオンは医師の処方せんがないと購入できませんが、導眠・誘眠薬としてはもっともポピュラーみたいですね。

大学の同窓会で、誰かが、とうとうわしもこんなもの愛用してるんだ、とハルシオンを出したら、オレもだ、オレも、と何人かが現物を出したのでびっくりしました。

「けっこう、みんな不眠に悩んでるんだ」

と思わず苦笑いしましたよ。

「クスリなんて不健康だね。中毒になるのが怖くないか」

この疑問は当然でね、ぼくの郷里の親類・旧友たちは農家の仕事で昼間忙しいから、夜は早く寝て朝早く起きる、健康そのものの生活で、めったに眠るためのクスリなんて必要としません。都会の友だちでも、

「ラジオ深夜便聞きながら眠る、テレビ見てるうちに、いつの間にか寝てしまう」

こんな、うらやましい人もいます。年寄りの眠りが浅いのは誰しもでしょうが、寝つきの良し悪しはほんとにこたえますから、ぼくはクスリが手放せません。

談志師匠の口ぐせは、

「昔は、歴代天皇の名を、ジンムスイゼイアンネイイトク、とくり返したり、羊が一匹二匹と数えたり、その程度の対策（?）で眠れたから、かわいいもんだよ。それでも駄目な時は、アメリカ映画の監督と作品、俳優名を片っぱしか

ら並べてるうちに眠れたんだが……」

こんな回顧も、眠れるエネルギーが充満していた若き日なればこそ。トシとってからはクスリなしでは眠れない哀れな体質になっているのです、談志師匠もぼくもね。

「テレビで、不眠解消の名案を紹介していたけど、学者や医者の説明通りにはいかないよ。やっぱり、半錠《ヤク》を何回か入れなきゃ」

なんてことで、もうクスリを恐れてはいません。今や飲まないと寝つけない体ですから、六時間の熟睡のためにわざわざドクターに処方せんを書いてもらう老後です。

と、ここまでは何ひとつ問題ないようですが、実は失敗もなくはないんです。

原則としてぼくは、十二時ごろハルシオン半錠、一時間たっても眠れない時は追加の半錠、これで二時ごろまでには眠りに入れるわけですが、時になぜか効果が現われず、朝方まで寝つけないことがあります。

危ないのはそういう時で、眠りたい一心でもう半錠欲しくなる。誘惑に負けつい追加して眠れたとしましょう。ある時、ぐっすりの熟睡はいいけど、お昼ごろまで全く深い眠りのまま、けたたましい電話のベルで起こされました。

「おい、どうしたんだ。時間だぞ」

友人と約束があったのに、その時間まで眠りこけて、約束の時間に遅れてしまった。相手が友人だからよかったようなものの、こんなドジは信用をなくしてしまう。現役で仕事してるサラリーマンなどは、安易にクスリに頼っちゃいけませんね。

なお、処方せんなしでも買える睡眠安定剤が市販で何種類も出てまして、けっこう需要があると聞きますが、ぼくには弱くて効果がありません。

ぼくは毎晩、ハルシオン党です。やっぱり一種の軽い中毒なんでしょうか。

びわこでちょいボケは始まった

老後で困るのは身分証明書ですね。一般には、社員証、運転免許証、健康保険証などを誰しも携帯していますが、老人は無職があたり前だから身分を証明するものといったら、健康保険証ぐらいしかありません。

これって、病院へ行く時は必らず持参しますが、普段は携帯しませんよね。ぼくなど保険証をこれまで二回も落として、そのたびに警察に届けてもらい、麹町署、戸塚署の厄介になりました。拾ってくれた人に御礼を言いたくてもご本人が名を告げないとか、個人情報の関連とかで拾い主には謝意を直接表していませんが、こういう大切な身分証明をなぜ二回も落としたのか、ちょいボケとしか言いようがありません。

「恐れいりますが、ご身分を証明する何か……」

銀行や郵便局の窓口で求められた場合、ぼくは健康保険証を見せることにしているため、紛失して手元に返ってくるまでは困りました。今は常時携帯していますが、それといっしょに自分作成の救急カードも持っています。

赤十字のマークを勝手につけ、表に名まえ、住所、連絡先などを明記し、裏には主治医名と緊急の搬送先病院まで指定してあります。

万一の場合この通りにならなくても、身分の証明だけは瞬時にできるので一安心、というところでしょうか。

これを思いついたのは、わが家のペット猿、ガチャ坊が首に巻いていた迷子札がヒントです。ガチャ坊は家の中で放し飼いにしていたため、何かてえと外へ遊びにいってしまう。小猿はすばしこくて、塀から塀、樹から樹へ飛び移って逃げるので、なかなかつかまりません。夜になると、暗さが怖くて苦手なので家へ帰ってきて玄関のドア外で待ってる、そんなかわいい奴でした。

「まだ一歳だから人に危害は加えないと思うが、何かあってもいけないし」

そう思ってガチャ坊の首に「野末ガチャ坊　電話△△」と縁日で作ってもらった迷子札をぶらさげることにしたのです。

果せるかな、行方不明で心配してるわが家に電話。「お宅のサルですか?」聞けば暗がりの隅っこにうずくまっていたところを保護されたそうで、夫婦でガチャ坊を引き取りにいったことがあります。この迷子札の効果を信じて、ぼくは万一に備え自分用の救急カードを作ったという次第。

ところがこれは東京中心のデータになってるため、全国的には通用しません。というのも、ぼくはびわこの湖畔に介護付き老人ホームを確保してあり、老化が進行したらそこで暮らす計画なんです。

今のところはセカンドハウス利用、せいぜい年に数回使っているだけですが、そこに滞在中、思いもかけない珍事件が起きたのです。

所はびわこ競艇場。ぼくは完全なボケ老人に見られてしまいました。

発端は、黄色い信玄袋、これにお菓子やメモ帳や拡大鏡などを入れたまま、舟券に夢中でどこかへ置き忘れた、と思ってください。

警備員に話すと、警官詰所に連れていかれ、そこで遺失物の調書をとられました。まず名まえ、これが達筆（?）すぎて読んでもらえない。警官は女性をまじえ三十前の三人。「どう読むの?」と聞くから、神妙な顔で、

「ノズエ・チンペイ」

「住所は?」

ここで慌てました。東京の住所ならわかるし、東京なら救急カードを持ってるが、ここは大津市だ。雄琴《おごと》にある老人ホームの「アクティバ琵琶」という所にいるのだが、正確な住所がわかりません。

「住所、わからないんで」

相手は、ここらでボケの見当をつけたらしいんです。

「で、遺失物のナカミは?」

「お菓子とかメモ帳とか」と答えながら記入。

「お金はないんだ?」

「ポケットに」

警官三人は顔見合わせて、

「おじいさん、とくに貴重品はないですね」と女性警官。

「メモ帳は貴重です」

と答えますと、もう一人が、

「おたくの職業」

「無職」

「じゃ、ここに無職と書いて」

ぼくも初めての経験ですし、逆らっても意味がないので調書にきちんと「無職」と書きました。

女性警官はさらに、「おじいさんは関西の人じゃないですね」

「そうそう、東京だよ。東京じゃ有名だ、小泉首相（当時）も知ってる」

これには三人とも、苦笑いをおさえて、「こんなんでええやろ」と調書を受けとり、「じゃ届けがあったら保管しておくから、帰りに寄りなさい」

これでおしまい。何のための調書やらわからないけど、教訓はありましたよ。

東京だけでなく、びわこ用の救急カードも作らないとダメだ、ってわけで、ボケ老人扱いされた、とは調書の時あまり自覚していませんでした。

　次のレースが始まるので急いで席に戻ると、二列横の席に何か黄色いモノが見えて、実はそれが置き忘れたぼくの信玄袋だったんです。

「なんだい、ボケちゃったな、おれも」

　思わずポロリ、この時ハッと気がついた。

「ひょっとしてさっきの警官、オレをボケ老人と思ったのではないか。こっちは自然体のつもりだったけど」

　バッカじゃないか、自分の席を忘れて他をさがしていただけのドジ話なんですよね。自由席だから、これもありってわけです。

　しかしこの珍事件、ぼくには軽いカルチャー・ショックでしてね。いつも口ぐせのように、ボケてどうにもならねえ、なんて言ってますが、本気でそう思ったことなんてそれまで一度もなかったから、あの調書は老いを自覚する反省材料でした。

「考えてみりゃ、お菓子の入ったチャチな手さげ袋を遺失物の調書に記入するなんてのは正常な神経じゃないよ。ボケと思うほうが正常だ。警察官もご苦労なこった。それにしても東京と関西は空気がちがう！」

ぼくが、ちょいボケを意識するようになったのは、こんなことがキッカケです。

ボケとトボケは紙一重

老いは誰にも公平、平等に訪れる。悲しいかな、これがきびしい現実です。

「いつの間にか、昔の自分ではなくなった。これが老いた、ということか」

そんな自覚を持ったのが、六十代の半ばを過ぎた頃でした。もの忘れ、かん違い、うっかりミス、こういう事例が多すぎてわれながら愕然とする始末です。

七十代の後半になった今は、

「自分だけじゃない。みんな同じようなもんだ。ちょいボケだよ、これが」とやや安心するようにはなりましたが、老いていく自分はやっぱりイヤです。これ以上老いたくない、と誰もが本音で思ってます。

眼鏡をおでこの上に上げ、「メガネどこだ、わしのメガネは？」こんなのは老人の日常で、ぼくなんか先日、タオルを肩に掛けたまま、タオルがない、タオルがない、とさがしまわるお粗末さでした。

なにしろ年齢《とし》とともに、もの忘れ、かん違い、うっかりミスが混然としていっきょに襲ってくるからたまりません。手紙の封を切って、ナカミを屑かごに、封筒を机上に置いたまま気がつかない。地下鉄の上りと下りを間違えて乗ったまま、しばらくしてやっと気づく。

改札にテレカを入れてブッと足止め、あわてて入れ直したのがキャッシュ・カードというぐあいに、支離滅裂のバカなドジを踏んだことも何回かあります。

こんな失敗は笑ってすむことですが、仕事に関わるドジは恥ずかしい限り。実さいにあった出来事を話しますとね、文化放送の午後の番組に週一で出演していた頃のこと、レギュラーの曜日をまちがえてスタジオ入りしてしまい、当日レギュラー出演中の、あのおすぎにサカナにされたのです。

「うわぁ、チンペイぼけたわよ、とうとう!」

みっともないったらありゃしない。

また落語会の会場を、新宿の紀伊國屋ホールなのに紀伊國屋サザンシアターとまちがえ、ギリギリに到着して大あわて、場所移動に十分もかかって出番に遅れる大失態も演じました。

「お客様はよくまちがえますが、出演者はまちがえませんよ」

主催者に言われて照れ隠しの弁解が、

「お恥ずかしい、ボケちゃってねぇ」

すごい自己嫌悪とショックでした。相手は本気にせず、ボケてなくてトボケてる、と思ったらしい。

妻との約束をすっかり忘れ、その時間に別の場所にいたこともあります。あとで大目玉を食らい、まさかボケたとは逃げられず、平身低頭しながら老いの自覚に落ちこみました。

数えあげたらまだいくらもある。年齢をとれば、誰でもこんなこと気にする必要はないのですが、どうしてもこだわってしまいます。まわりとの比較でなく、若い頃の自分と比較するから情けなさが倍増するのです。

「昔はあんなに元気で自信があったのに」

と思えば思うほど、自分の老化ぶりに過剰反応してしまう。これはぼくだけでしょうか。

「もっと素直に、自分の老化を受けとめればいいのに、陳さんは意地で無駄な抵抗を続けてるような気がするよ」

昔からの友人が分析してくれたのですが、

「うちの犬だってもう老犬だから歩けない。おれが抱っこして散歩に連れていくんだ。あの元気で山野を走りまわった自慢の犬がこの始末だからな。でも犬は老いの運命に抵抗せず、自然体だ」

バカバカしいので反論します。

「犬の話じゃないぞ。人間の老化は悲しい、って言ってるんだ。お前だって老化を実感してるはずじゃないか」

　ここで友人は大笑い。この人、某社の会長なんですが、

「おれは昔からドジの連続だったんだ。背広にネクタイで出勤する時にな、急いでサンダル履いたまま家を出た。この異様な格好に朝だから誰も気がつかない。おれもだ。駅でやっと気がついてさ、冷汗がどっと出た」

　これは時間に追われてあわてたせいだ。若いから、オッチョコチョイのあわて者で笑われておしまい。でも同じことを年齢とってやらかしたら、どうなります？

「あのおじいさん、気がついてないんだ。ボケてるのよねえ」

　友人は結論として、もの忘れ、かん違い、うっかりミスは若い時は誰でもよくある笑い話だが、年齢とってこれをやるともう笑い話ではなく、「ボケた！」と人に言われ、自分でもそう思う、これが尚いっそう老化を進める原因だ、という見方なんです。そこで言葉をつづけて、

「ボケたんじゃない。オレはトボケてるんだ、と割りきることさ。オレなんかこの間、正札付きの帽子かぶって歩いてた。クリーニング屋のタグ付きのYシャツで仕事していた。部下に笑われたが、中の一人がこう言ってくれたよ。『会長、シャレも限界ですねえ。社内ではオトボケですみますけど、外はだめですよ、会長ボケたと思われますから、それはやめましょう』」

なあに、年齢とれば、ボケとトボケは紙一重ですよ。

老いてはこの三か条にご用心

ちょいボケを意識するようになってから注意してることが、三つあります。

一、だいじな物のしまい場所は変えない。

一、夜、電気をまっ暗にして寝ない。

一、セールス・勧誘の電話はマトモに相手をしない。

（その1） 預貯金の通帳、印鑑、権利書など生命の次に大切なものは、誰しも特定の場所に秘蔵していますが、整理のついでに、または警戒の必要から、時にしまい場所を移し替えることがありませんか。

ぼくはこれで大失敗しました。印鑑と数冊の通帳を、鍵のある引き出しへ移したのですが、それをすっかり忘れて元のしまい場所をさがし、

「ない！　全部そっくりないぞ」

あわててあちこちさがしたが、なぜか鍵のある引き出しにまで思いが及ばず、盗難にあったと早合点してしまった。冷静に考えれば、

「荒らされた跡もないし、外部から侵入の気配もない。これは、盗難でなく、自分の思い違いだ。もっと、さがせ」

こうなりますが、その時はわけもなく頭がまっ白になり盗難と決めこんだ。どうしよう、ナニをすべきか、とっさに考えたすえ、バカでしたねぇ。金融関係に次々と連絡して、引きだし停止の処置をしてもらいました。

この停止は電話一本で簡単にできます。ほっと一安心して、翌日のこと、必要があって鍵のかかる引き出しをあけたところ、何とそこに盗まれたはずの通帳などが輪ゴムでとめたままの姿で発見(?)されたのです。

われながら苦笑いしましたね、「警察に届けなくてよかった」と。

その後が面倒でした。停止解除の手続きは電話一本ではしてくれないんですよ。金融機関まで足を運び、身分証明をして書類に記入しなければならない。とんだ手間というなかれ、自ら蒔いたタネですから、怒るに怒れません。あわて者の自分の軽率さを後悔しましたが、だいじな物は、隠し場所・しまい場所を変えてはいけない、という自らのドジ体験から得た教訓です。

(その2) ぼくは夜、暗くしないと眠れないタチなんですが、最近は豆電球だけの薄明るい室内で就寝しています。

夜中にきまってトイレに行くでしょう。暗いと足元が危ないし、ドアや柱などにぶつかる恐れもある。まして睡眠導入剤のせいで夜中に起きたら、ふらつく危険性もあります。

ぼくの知人の奥さんはクスリが効いたまま、運悪くトイレで倒れ、後頭部をぶつけ、それっきり意識不明の植物状態になってしまいました。

「これは最悪のケースですが、老人にはありがちですよ。フトンの端に足をひっかけたり、家の中の段差でつまずいたりが原因で寝こむケースが多いですからね」

と担当医が説明していました。

住み慣れた家とはいえ、まっ暗な室内は高齢者には危険だという、ごくあたり前のおせっかいになりましたが、ぼくには要注意の一項目です。

(その3) ホームの固定電話の場合ですが、不動産、金融商品、その他の投資などの勧誘やセールスの案件が実に多いですね。電話帳から当てずっぽに掛けてくるから、うるさくてかなわない。

ぼくは相手が名乗った段階で、直ちに切ります。電話一本でおいしい儲け話が転がりこんでくるわけがありません。まして相手は口上手、口説き上手の調子いいソフト・トークだから、ついつい乗せられてしまいますが、しょせんこっちは電話帳などで偶然に選ばれたカモにすぎないのです。

聞くところによると大金詐欺にあった人の半数は電話一本から始まったそうで、あとの半分は知人のクチコミらしいのですが、電話のセールス・勧誘はね、ヒマな老人が寂しさと退屈のあまり、つい時間つぶしの相手をしてしまう、そのうち巧妙な悪魔のささやきに欲がわいて相手につけいる隙をあたえ、訪問を許す結果になるのがオチだ、と思います。

会ったらもう相手の思うツボ。はじめ五十万、次百万、というぐあいに投資金額がふえていき、だまされる破目に。

見知らぬ奴の電話につきあった自分が悪いのです。ケータイ電話なら、こんなこと少ないでしょうが。

迷走語録1

☆年齢《とし》をとったら、他人のこと、世の中のことなど心配してはいけません。自分のことだけ心配していればいい。自分のことで精いっぱい、それが年寄りというものです。

☆老人は道草しながら生きる。道草とは、どうでもいい無為の日々を過ごすことだ。老後それ自体、人生の寄り道といえるかもしれない。道草しながら年齢とって死ぬのが理想である。

☆老人がいら立ち、やつ当たり、片意地、頑固になるのは、昔の自分と今を比較するからだ。縦思考でなく横を見れば、まわりの老人たちはみな自分と同様に老いてヨタヨタ生きている。横思考のほうが老後は幸せです。

2 さて、老いては「人」とどうつきあうか

老後の肩書きどうなる？　どうする？

どこの国でも名刺の果たす役割は大きいと思いますが、とくに日本は名刺社会といわれるくらい、社交でもビジネスでも名刺は重要です。

「こっちが出したのに相手が出さねぇんだよ。失礼な奴だ」

たかがパーティーでもこんな光景が。

困るのは老後です。名刺作るのは簡単ですが、然るべき肩書がない。肩書がない名刺は世間では通用しにくいし、老後はそもそも肩書なんてないから、ここでハタと行き詰まります。

ぼくは今、名刺持たない主義なんです。名刺交換ができないから相手に悪いと思いつつ、適当な肩書きが見つからなくて悩んでる、こういったほうが正確かな。自分の肩書きを思いつくまま並べると、「元参議院議員」「元大正大学教授」「元税金党代表」ときても、どれも元ですからね、今更これらは使うのも恥ずかしい。ムリにさがせば、落語立川流顧問とか、レイク浜松カントリークラブ会長、ならびに名誉理事長とか、いくつかありますが、名刺に刷りこむのは大げさで照れます。

「肩書きなしの名刺もいいけど、それならいっそ顔が名刺ということで……」

ぼくはこれで適当にお茶をにごしてますが、立場によっては、老後といえども人前に出る以上やっぱり名刺は持ったほうがいいかな、とも思ってます。

「米国ワシントン州名誉市民」という肩書きの名刺をもらいました。〝黄金井達夫〟という方ですが、肩書きがもう一つあって、「ライフスタイル研究所General Advisor」。

色刷りでバラの花の会社ロゴまである。こりゃ凄い、なんの会社かと思うでしょう。ところが会社の住所などない。そして、名刺の下のほうに小さく書いてあるのです。

「何もしないのがライフスタイル研究所です」

なんだ、肩書きはシャレだったんだ。この人は無職らしいんです。それじゃ名刺が映えないから、ユニークなお飾りをつけたってわけでアイディア賞ですね。

「肩書きがないと、日本では一人前に扱ってくれませんから、苦肉の策で」

とご本人は笑ってましたが、こういうとぼけた名刺もあるな、と感心した次第。

それにひきかえ、定年後の人からよくもらうのはダサイ名刺。肩書きが、例えば、

「元東芝本社営業局第三営業総括部長」（実在するかどうかは別として）

笑っちゃうけど、これもそれなりの効果があって相手によっては話が弾むんですって、東芝というブランドがモノをいって。

また、名刺の表は普通に、名まえ、住所、会社名などが並んで、そこに写真つき、商品名入り、なんて派手な宣伝用の名刺もよくもらいますが、これは現

職だから当然として、お年寄りの紳士が名刺のウラに、これまでの肩書きと現在の名誉職などズラリ十行余りも並べてるのは、けだし壮観ですね。

誰があれをいちいち読んでくれるでしょう。本人の自己満足だけですよね。

老後の名刺は、肩書きなんて不必要だし、持ってなくてもさほど失礼になるとは思いませんが、どうなんでしょうね。

オリジナル名刺の代表は今は亡き談志師匠です。何十種類もあると思いますが、「立川談志」の千社札を台紙のメインに置き、まわりにお好みの名言（?）入り〝洒落札〟を貼りめぐらして図案化しています。どんな名刺か一例をあげましょう。

お酒の入る席では、「飲みすぎは胃肝臓・立川談志」「自己帽子・立川談志」

事業家などが多い席では、「金策中・立川談志」「何か下さい・立川談志」「チケット買うのもエチケット・立川談志」「極秘情報儲け話アリ・立川談志」

ごく常識的な人たちには「その節は・立川談志」「お詫びかたがた・立川談志」

などなど、もらった人は大よろこびです。

中には首かしげるような怪しげな名刺をもらって、キョトンとする人もいます。「金正日マンセイ・立川談志」「拉致ぶとり・立川談志」「満州を返せ・立川談志」

人気落語家だからできるんだ、シャレになるんだ、なんて思わずに、もう老後なんですから名刺も遊びと割りきって、肩書きの代わりに楽しいアイディアを活用した名刺はどうでしょう。

オカマ感覚でおしゃれに若く

この頃はおしゃれを楽しむ老人がふえましたね。とくに女性、というか老婦人が。

「男は別だよ。どうせ誰も見てねぇんだから、なに着てようがかまやしねぇ」

こういう人、多いです。ジャージィ姿とかトレパンとか、普段着で近所へ買いもの、食事、ぜんぜん気にしないで出かけるが、ちょっと待った。誰も見てないようで実は世間の人って、みんな見てるんですね。

「もっとマシな格好で街へ出ろよ。目障りだよ、景色の邪魔だよ」

そこまで言わないまでも、ダサイ普段着スタイルは軽視されてしまう。

「それでいいじゃないか。顔の知れてるタレントじゃあるまいし」

という感覚がいけません。いくつになっても、男でも女でも、常に誰からも見られている、この意識と緊張感がだいじです。そう思うから、外見に気を配る、おしゃれに気を使う、年齢《とし》とればとるほど、これが必要になってきます。

ズバリいえば、そうです、オカマのナルシスト感覚です。自分のおしゃれに自己陶酔して、自信を持って街を行く、こうでなくちゃいけません。

銀座あたりで、年のわりに派手な若者風のおしゃれした老人がね、大きなショーウインドーに自分の姿をうつしてポーズをとる、腰をくねらせるマネな

んかしちゃって行ったり来たり、こんな光景を見たことがありますが、

「あッ、オカマちゃんだ、年寄りの」

この根性（?）が若さを保つコツじゃないかな、とぼくは感心しました、老人のおしゃれは、見る人に好感をあたえるんです。いいな、ああいう年寄りになりたい、と思ってもらえることも老人が生きる意味のひとつじゃないか。そう割りきると、おしゃれの外出がとても楽しくなります。

「お前、そんなにおしゃれしてるのか」

と問われれば、ぼくはセンスが野暮なんでおしゃれ意識はほとんどありません。ただ以前、テレビに毎週出ていたため、服装を毎回替える必要がありました。

それらをどう調達してるかといえば、ぼくはバーゲン専門で、千円ぐらいの安物を手あたり次第まとめ買いするのです。時間の無駄だから、いちいち選びません。テレビ用に、映《うつ》りのいいわりと派手めの色彩・柄のシャツやパンツなど、五枚十枚の単位でいっきょに買います。

それを取っかえ引っかえ、自分流に上下の色バランスを組みあわせ活用しますと、画面ではまあまあの感じに映るのです。

「陳サマはけっこう衣裳持ちだな」

と談志師匠が感心します。かつて出演していた東京MXテレビの「談志・陳平の言いたい放だい」という週一の五十分トーク番組ですが、このシャツが、このセーターが、千円のバーゲン品とは視聴者は見抜けないらしいんですね。

「いやいや、品質の良し悪しはすぐわかる、今の大型画面は鮮明できれいだから」

とプロの目はごまかせませんが、ぼくの考えでは、一回テレビで使えばあとは普段着に、または誰かにあげる、という程度の使い捨てもの、惜しげもなく処分できる一年こっきりの季節商品なので、ユニクロも悪くないけど、バーゲン品の愛用はやめられません。

ブランド物はあまり持っていないし、テレビでも着用しない主義ですが、「バーゲンのおしゃれは安上がりで楽しい」という感じかな。

まわりを見ると、日本の女性もけっこう、器用におしゃれを楽しんでいるようだし、欧米の老婦人に負けない若づくりの人もふえてきて、老人のおしゃれ感覚も変わってきつつあるな、という実感を否定できません。

老人はもう残り時間が少ないのだから、むしろ人目を気にして自分流のおしゃれを楽しむほうがいいですよね。

「おしゃれなんて単なる見栄ですよ。金もかかるし、気もつかうし、若い人はおしゃれが人生のプラスだろうが、トシとったら無理することないんじゃないかな。とにかく、面倒くさい！」

という考えかたもあるでしょうが、老人にとってもおしゃれは人生のプラスですよ。おしゃれは楽しい、心が浮き浮きする、何となく自信がつく、こういう効用は捨て難い。ましてや、世間は外見で人を評価します。無理してケバケバしく飾りつくろうのは感心しませんが、ほどほどのおしゃれに見栄を張るのは、むしろ老後の人間関係に必要なことだとぼくは思いますね。

自慢するならメシおごれ、金をくれ

年寄りの自慢話ほど、耳に不快なものはありません。これは誰からも嫌われます。例えばですね、

「うちの孫がねえ、電話で、じいじ、じいじ、とそれだけ言ってくれて、ばあばのことは言わないんだ。まだ一歳だよ。わしの生きがいだよ」

なんて他愛ない孫自慢は、まだかわいい。

「うちのムスメ、今度テレビに出るんですよ。さんまさんに可愛がられてね、将来有望らしいんで」

この程度もまだ聞き流せます。孫や子どもの自慢は誰だって口にしたいし、それが生きがいという人も中にはいるでしょうから、年齢《とし》とって楽しみがなく

なったら、多少の自慢話は相手次第で許されていいと思います。

でも、過去の自慢は鼻につきますね。いつ会っても、現役時代の自慢話しかしない定年老人をよく見かけますが、本人だけ自己陶酔でいい気分。まわりは白けきってマトモに相手をしてません。

「あの時オレがいなかったら、わが社は潰れていたよ。社長も会長もオレだけが頼りだったもんな。会社はオレの銅像を建ててもいいくらいだ。業界でも、オレの名まえは轟《とどろ》いていた。もちろん銀座でも顔利かせていたしな」

酒の勢いもあって滔々《とうとう》と自慢がつづく、そんな現場にいたら笑いをこらえるのに一苦労です。また始まったよ、話のナカミは聞いてるこっちのほうが詳しいや、なんてところでしょう。

ぼくも極力自制してますが、昔の自慢だけは控えたほうが嫌われませんね。

映画「カサブランカ」の名セリフじゃないが、

「昔のことは忘れたよ。明日のことはわからねえ」

こういう心境でありたいものですよ、老人は。

「わし、なぜか女にもてまくってな、金つかわんでも相手が寄ってくるんじゃ。精も尽きて体がもたん」

この手のモテモテ話も不愉快ですね。ちょいボケ老人のホラ話ってこともありますし、たとえほんとだとしても、どうせ相手は男日照りのオバサンかバアサンだろうとわかってはいるけど、飲み食いしながらのモテた話は、酒がまずい、ごちそうがくさるって感じで席を立ちたくなります。

バカな年寄りは、

「この年齢で、一晩に二回できたぞ。まんざらオレも捨てたもんじゃない」

回数自慢しながら、バイアグラかなんか見せて、これのおかげです、差しあげましょう、中国製ですが、などともうバカも休み休み言えと叫びたくなりますよ。

こういう時ぼくはわざと過剰に反応して、「やめてくれ。オレはもう実技は出来ないんだ。目スケベだけのオレに恥をかかすな」と逃げたりします。これで場のフンイキが変るのです、これも自慢（?）かな。

儲けた話もイヤ味ですね。競馬で万馬券とった、株で数百万円儲けた、なんてどうでもいい話を平気で人前で披露する人もいますが、聞かされる周囲は心の中で、

「自慢する前に、まずオゴれ。オレたちに小づかいでも配れ」

だから、好かれる人はソツがない。

「ちょっと儲けたんですよ。ごちそうしたいけど、つきあって頂けますか」

こういう年寄りなら、誰もが寄ってくるでしょう。儲け自慢だけでなく、孫や子どもの自慢も、ごちそうしながら聞いてもらう、これが鉄則です。いわば聞き賃を、相手に払ってこそ我慢して聞いてくれるのです。

「最近一番頭にきたのはね、七十過ぎの老優がテレビのトーク番組で自慢してるんだ。わたしは毎日、腕立て伏せを三十回、雨の日も風の日も欠かしたことはありません、だって。腕立て伏せは家の中でやるんだろう。なにが雨の日風の日だ。年寄りが腕立て伏せ三十回もやって、なにが偉いんだ。くだらねえ自慢するな、不愉快だよ、こっちは」

と批判する側も老人だから、話がくどい。でも仰言る通りで、ぼくなんぞも腕立て伏せなんて一回もできないから、三十回なんて自慢はバカバカしくなりますね。

「老人の健康自慢はいかにも本人の節制と努力のたまもの、という風に聞こえますが、たまたまそういう長寿体質に生んでもらっただけの話で、ちっとも偉くはないですよ。普通の老人にヘンな劣等感をあたえる有害な健康自慢になりますね」

医者がこんな解説をしてくれました。これで安心です、年齢とったら腕立て伏せや懸垂なんてのはできないのがあたり前ですから、テレビで優越感の自慢話はしてほしくないですよ。

そこへいくと、郷里の友人の自慢は愛嬌があって笑えましたね。

「わたしはね、なんの取り柄もない平凡な年寄りです。自慢することなんて一つもない。せめてみんなより一日も長く生きて、これを自慢にしたいと健康に気をつけて頑張っています」

この人、いま八十歳。長寿目標は百歳だそうですから、まだまだ遠い話ですが、この程度の自慢なら右から左へ聞き流せます。相手を不愉快にさせませんから、ここらが自慢話の限界でしょうね。

礼状で人脈をつなぎとめる

年齢を重ねると、若い頃に比べてマメさがなくなる、何でも面倒くさくなる。誰しもこうなりますが、礼状や返事を怠るようになると、危険信号です。信頼を失い、見捨てられることになりかねません。

最近ぼくが心がけているのは、礼状や返事は即日、その日のうちに、ということ。お中元やお歳暮で頂きものをした時はもちろん、何かで特別お世話になった時など、その日のうちに返礼してしまわないと、忘れてしまうのです。

礼状については、ファクスかハガキ、手紙ももちろんいい、ケースバイケースで対応していますが、

「ファクスは失礼ではないか」

こんな見方もあります。でも相手によっては、品物が届いたのかどうか気にする、心配する人もいるから、返事は早いほど良い。こういう時、ぼくは、手書きのファクスです（電話もいいが、相手不在の時もあるので）。

ワープロ打ちもいいでしょうが、ぼくは読みにくい乱雑な字が特徴（？）ですから、自筆ですよ、という証明のために意識的に手書きで送っています。

礼状はハガキですが、官製ハガキは文面が広いから、書くことが少ない時には埋めるのに困る。これは絵ハガキのほうが、必要事項だけですむから、便利といえば便利ですね。

だから美術展に行った時など、ちょっと高いけど、名画の絵ハガキを買い、絵画が好きな人にはそれを使いますし、無料でもらえる宣伝用絵ハガキなども取っておき、五十円切手を貼って投函することもあります。

先日、吉村作治さんにエジプト・カイロ博物館の絵ハガキ十枚を数セットもらいました。これは先方によろこばれます。

「礼状は早いほど、いい。忘れるのはモウロクの証拠」

などと偉そうなことは言いませんが、礼状を欠かさないことでせめて人脈をつないでおきたい、という思い、なきにしも非ずです。ごく当然のことながら、礼状をつい忘れて、先様から到着の有無をきかれて恥をかいたことがあるので、礼状や返事をすぐ書くのはもう習慣化しています。

それからメモの件。メモをとるのは、物忘れの激しさが理由です。

トイレでふといい思いつきが浮かぶ、用を足し終ったらもう忘れていますから、忘れないようそれを声に出してくり返し、出てすぐメモを。

電車の中でも、気がついたことはメモ帳に書きこむ。ぼくは満員電車には乗りませんから、座席に坐ってゆっくりメモる。ところが目が悪くなってから困ったことに、自分の書いたメモがぜんぜん読めないことが多いんですよ。

拡大鏡をあてても、そもそも文字の形をしていない、文章になってない、そういう時はナカミを思いだすことも不可能で、そのまま諦めてしまいます。読めるメモのほうはまた別のノートに写し変えているのですが、それが何かで役に立つこともめったにないから、ぼくのメモは一種の気休めか、単なるクセなのかもしれませんね。

ゴハン友だちは多いほど幸せ

老人たちはよく〝茶飲み友だち〟なんてことを言いまして、老後の話し相手を欲しがりますが、グチやボヤキを交換しあえる友だちは間違いなく必要です。グチやボヤキだけが主眼でなく、買いもの食いもののイベントなどの情報をふくめた世間話の仲間は、老後になくてはならない存在で、おたがい、ちょいボケ程度なら、話が弾んで楽にヒマがつぶせます。

ぼくにもそういう相手が何人かいて、ただの話し相手とはちょっと違う〝ゴハン友だち〟についても、そのありがたさを痛感しているので、この話をしましょう。

ぼくの住むマンションのそばに、ブティック社という出版社があり、ここの会長（今は、相談役）と週二回ぐらい会いますが、目的は雑談しながらお昼ごはんをいっしょに食べてもらう、これがぼくの〝ゴハン友だち〟のひとりです。

「男ふたりで昼めし食ってナニが面白い？」

と聞かれるなら、答えは決まってます。

「出版社の美人社員たちがその都度、同席してくれる。彼女らが昼めしを盛りあげてくれる」

今どきのOL嬢はおいしいランチの店に詳しいですから、彼女らの好みにあわせることは理に適ってもいるわけです。ぼくのランチエリアは麴町ですから、中華、和食、洋食など実にいろいろな食いもの屋がよりどりみどりで並んでいるのです。

あえて強調しておきますが、ぼくは女房と別居してひとり暮らしですからね、朝昼晩ボソボソとヒトリで食事したって面白くも何ともない。ごちそうだってうまくないし、味気ない。あたり前でしょ？

せめて昼めしぐらいは、誰か気の合う仲間たちといっしょに食べたいのは当然です。そのつきあいをしてくれる人たちに運よくぼくは恵まれ、しかも昼食代はたいていブティック社の会長が自分のポケットマネーで払ってくれるから、これ以上ありがたい話はありません。ぼくが払うのは五回に一回ですからね。まるでもうオンブに抱っこ。このランチタイムがなかったら、ぼくのお昼は暗黒です。

「週二が週一に減ってても、誘われてるうちが花だ。昼めしで見捨てられたら、次のゴハン友だちはもう見つからない」

という危機感から、ぼくも少しはいろんな形でお返しをしてますが、会社の同僚、仕事の打ちあわせ、そういうビジネスランチは誰でも日常茶飯で特にありがたみなんてないでしょう？

でもぼくの場合、利害関係がまったくないのにお相手をしてもらえるわけだから、面倒見のいい会長と美人社員たちに感謝感謝あるのみです。

「だけどゴハン友だちってのは、ワインでも飲みながら夕食を共にすることではないのか」

多分、そう思う読者も少なくないでしょうね。しかし、夕食は相手も家族がいるだろうし、仕事多忙で日時の調整もたいへんだから、計画しても実現がけっこう面倒なんですね、現役を引退した老後ってのは。

ベストなのは、いっしょにゴハン食べてくれる若いガールフレンドにきまってます。ただし、これはいい相手がめったに見つからない。あたり前ですよ、若い子が老人を相手にするわけないでしょう。

「現役時代は、飲み食いする相手に困らなかった。話題も尽きることがなかった。週に一ぺんはまっすぐ帰宅したかったけど、それすらもできないくらい昼も夜も忙しかった。今はメシ食う相手なんていないよ」

なんて述懐する定年後の人たちが多いけど、これじゃ老化する一方です。

話を昼食に戻して、いっしょに楽しくランチのテーブルを囲むメリットは、単にお昼を楽しくおいしく食べる、これだけではありません。雑談が常に新しい情報源なのです。

早い話、ぼくはもうリタイヤ組。お相手は現役のバリバリですから、話題が新しくて発見が多い、刺激になる。ぼくにはこれがたまらない魅力で活力につながります。引っこんでたんじゃダメだ、時代の空気に触れなきゃボケる、といったところかな。

ぼくはブティック社の人たちと昼めしを食うことで、パソコンを覚え、さまざまな人たちと知りあいになり、旅行にも誘われたり、落語会などに出かけるチャンスもふえ、老後の生活にぐんとハバが広がり、いい事ずくめで今日まで来ています。

運の良し悪しもありますが、お昼ごはんつきあってくれる友だち・仲間を作る努力をしてみるのは決して無駄ではありません、とくに高齢男性にとって。

ところで話のついでに、ぼくは男のひとり暮らしが大好きです。自由で気楽で遠慮もなく束縛もなく快適そのもの。そりゃ不便なことも多々ありますが、だからといってひとり暮らしが苦になって夫婦いっしょに暮らしたい、とは思いません。

「さびしくないですか。炊事や洗濯、掃除なんてのは誰がやるんですか、カノジョとか？」

と、時たま言われますね。先日は作家の吉川潮さんや高田文夫さんがマジに質問してきました。ぼくに言わせりゃ、慣れですね。単身赴任と思えば、どうってことないですよ、家事の雑用なんて。

ただし食事だけは困ってます。たまには女房と外食したり、差し入れしてもらったり、実はここが老後に向けての悩みなんですが…。

女は老いてもなぜか元気

どこの家庭でも妻たちは元気に老春を謳歌してますよね。病弱な人はお気の毒ですが、健康な場合はもう亭主に気兼ねなく遠慮もなく、自由で楽しいわが物顔の日常を満喫しています。

「男だってけっこう自由にやってるよ、カミサン以外の女と適当に」

なんて一部のうらやましい話は横へ置いといて、妻たちの老後のハッピーなこと。周囲を見る限り、ニホンの老妻たちも変った。これでいいのだ、欧米並みだ、と思わざるを得ません。ホテルのランチタイムで三時間も寛ろぐオバサン軍団、仲よしの女同士で一泊の温泉旅行、たまには海外旅行も亭主ぬきで出かけていく。こんな光景がここ五、六年定着しているように思います。

「それは一部じゃないのか。たいていは子育てやパートや商売で毎日追われてるのが主婦の実態だよ」

と反論されるなら、そういう妻たちが年齢《とし》とってから余暇を利用して暮らしを楽しむ術を覚えたわけで、決して一部ではありません。都市部ではごく平均的なライフスタイルになってきたと思いますが、違いますかねえ。

もっと日常面に目を向ければ、合唱団やコーラスグループに属する老嬢たちは週一のお稽古、年二回の発表会なんてスケジュールが組みこまれ、めいめいステージ用の衣裳まで持っていて、自分たちの年齢を忘れる老春です。

「太極拳で汗かくと、一キロやせるわよ。若い頃はエアロビやヨガをやってたけど、もう体がきつくて太極拳に転向したの。あなたもどう、お仲間入りませんか？　市の主催だから会費もいらないし、会場も近いし」

「あたくし、フラダンスやってますの。でも太極拳も面白そうね、中国好きだからやってみようかしら」

東京近郊の都市ではこんな会話も珍しくないし、ぼく自身は社交ダンスの仲間に入らないかと誘われて、実は断わっているんです。

「健康のためだよ。背すじがちゃんと伸びて若返るよ。ダンスはご婦人のほうが多くて、男は少ない。もてるよう。この年齢《とし》でレッスン終わると、お茶のお誘いがバッティングして、もっと時間が欲しい」

バカなこと言ってるのが八十一歳の中小企業の会長です。話を聞くと、社交ダンスを楽しむご婦人連は若づくりで派手な衣裳を身にまとい、娘気分で踊りまくってるそうですね。お相手をする男の数不足が悩みのタネなんですって。

「女のほうが器用で老後の楽しみかたを知ってるね。遊びや趣味で自立してると言うべきか、家庭に引きこもる老妻なんてのは少ないんじゃないか」

友人と雑談の折、こんな問いかけをしてみたら、友人がわが意を得たとばかりに、まくしたてました。

「うちの女房、ふざけてるんだよ。お父さん私七十過ぎましたから、もう食事の支度したくないんです。気が向いた時しかお父さんのゴハン作りませんから、お父さんが料理覚えて自分のものは自分で作るか、それとも外食するか、好きなようにして下さい、となな、女房が一方的に宣言しやがってよ。今その通りなんだよ」

かれの話では週二回は外食、週三回は女房の手料理か既成品のオカズで間にあわせる。ただし後片づけは亭主の役目、週に二日は女房殿どこかへ出かけているため、亭主はひとりで夕食を食うしかない。ざっとこんな愚痴談議だったのですが、

「かれの老妻を責めるわけにはいかん」

とぼくは思いましたね。五十年も主婦業やってれば誰だって飽きるし、イヤになりますよ。女房の手料理に頼るほうがまちがってるかも、とも思いました。

というのは、知りあいの老夫婦の印象的なエピソードがあるんです。

夫九十三歳、妻八十四歳。この二人がすさまじい夫婦げんかするんだって、食事のことで。

「まずい！　こんなもの食えるか。お前また手ぇ抜いたな。オレのためにメシ作るのがそんなにイヤなのか」

「私だって一生けんめいやってますよ。でも、疲れてるんです。たまには休ませて下さい」

「バカ、主婦の仕事に休みはない！」

「わかりました。離縁して下さい」

「出ていけ！」

ここで手近にあった何かを投げる。こういう修羅場が続いて、老妻が近所に住む息子に助けを求めるという図式です。息子いわく、

「親父も八十過ぎから人格が変っていったね。九十過ぎたら頑固、わがまま、かんしゃく持ち、小さな暴力。あれじゃおふくろが可哀想だ」

こんな述懐をしてました。老妻を主婦業で縛るのはもう限界、という時代ですね。自由に放任してあげたほうが老妻も生き生きと若返って、亭主もそのほうがありがたいのではないか、と考えるようになりました。

老後なにが辛いといって、妻が病気がちのこと、これ以上の辛さはありません。

「女房が元気だから頼れる。女房、元気で留守がいい、これが真理かな。どこの女性も老後を器用に生きてるよ」

これがぼくのまわりの友人たちの結論です。

義理人情、見栄も欠いたら、しがらみゼロでラクになる？

義理、見栄、人情。

この三つ、人間社会を生きていく上につきものだと思いますが、

「年齢《とし》をとったら、義理、見栄、人情を捨てろ。この三つを欠いた生活ができれば、老後は自分のためにうまく転がっていく」

こんな教訓を残した先人がいます。義理は人づきあいに欠かせないものだし、見栄をはるのも生きていく上にやむを得ない面がある。そして人情はむしろ美

徳ではないか。老後といえども、この三つを捨てた暮らしなんて、果たして可能なんでしょうか。

「いや、可能に向けて努力するのだ。これを三欠く主義といってな、年齢をとったらこれに限る。自分を守るため、健康で長生きするためだ。義理、見栄、人情なんて浮世のしがらみだ。しょせん残り時間の少ない老人にとって無用の長物じゃないか。三欠く主義に徹すれば、誰でも幸福になる。口でいうほど、実行は簡単ではないし、人間関係も狭くなってさびしいけどな」

先人はこんな補足説明をしていたそうです。実はぼくもこれに共鳴するところが多く、一部実行しているのですが、たしかに難しい。

義理を欠くのは、やればできる。お通夜やお葬式にはなるべく出席しない。必要とあらば、弔電をうったり香典を送ったり、それですませる。これでとくに失礼ではありません。

「年齢を考えると、寒い日、雨の日、遠い所へは危険で行けない。体力的にもきついから、許してもらう」

理由はこれで通ります。結婚式も似たようなもの。クラス会も、人によっては、時間と会費の無駄といえるでしょう。こういう世間的な通り一ぺんの義理はいっさい欠く、という主義に徹すれば、老後はたしかに気楽です。

親族間では、なかなかこうもいきませんね。別の項目でも冠婚葬祭にまつわるお金の動きをぼく流に批判してますが、ここで義理を欠いたりすると、親族間で何かといじめられる、家族がギクシャクしてマイナス面が少なくない。

少なくも法事などもふくめ、親族間の冠婚葬祭はある程度、義理を果たして親族の顔を立てるのが自衛のため、という面を否定できません。

「とかくこの世は住みにくい。病気で寝込めば義理を欠いても許されるのに」と思うこともありますが、親族もふくめ、悪口を承知でぼくはほとんど義理を欠いているのです。それが健康長寿につながるなんて勿論思ってませんが、面倒なだけです。義理はぼくの精神衛生上よくない、と勝手に判断しているだけ。

見栄は、ぼくもできるだけ張らないようにしてますが、見栄はおしゃれのために必要な時がありますし、人間関係を円滑にするための必要経費という面もありますから、都会生活者のほとんどは見栄に振りまわされた不本意な生活を送っているのではないでしょうか。

「見栄代が高くつくのよ。服装、おみやげ、お返し、お礼、おつきあい、何かにつけて見栄のためにお金が出ていく。地方の人はそんなに見栄張らなくてすみそうで、うらやましいわ。どうせなら見栄代は自分のおしゃれだけに使いたい」

こんな声もありますが、いやいや地方だってけっこう慣習化されたおつきあい費用がかかると聞いてますよ。

「東京とちがって、服装には金かけないですむが、冠婚葬祭には見栄を張らないと、かえって蔭口きかれる」

と郷里の人が話してました。

「見栄を捨てれば、お金はかなり節約できるし、見栄くらべで対抗心燃やすムダもないから気持ちも軽くなるだろうが、まるで見栄を張らない生活も味けない。お金をかけない見栄なら、いくら張っても邪魔にならないんじゃないか、相手にはやや敬遠されるだろうが」

こんなところが落としどころかな、とぼくは考えてます。見栄ってのはモノとココロの両面がありますから、結局はその人の性格に帰する問題なんでしょうね。

とはいえ老人の見栄はムダですよ。見栄を張るほど注目されてる存在ではないのだから、せめて外見のおしゃれぐらいにとどめましょう。

人情を捨てる。これは異論がでそうですね。日本人は人情が好きだし、人情のある世の中のほうがいいともいえますが、人情を押しつけるのも問題ありだから、ぼくは〝人情欠く〟にやや賛成です。本心は、誰にも人情をかけてあげて喜ばれたい。心のやさしい、人情にあつい人と思われたい。若い人の面倒を見て人材の育成もしたい、などなど昔はそういう見栄っぱりの部分がありましたが、七十歳を越えてからは、ガラリと人生観を変えました。

「もう自分のことで精いっぱいだ。人さまのこと考える余裕なんぞないから、人情ともおさらば。その代わり、人さまの人情もいただかないように、自分は自分で…」

イキがってみたものの、他人さまの人情はありがたいし、片や冷たい人間だと思われたくない見栄がまだ残っていて、矛盾と葛藤が皆無とはいえませんけどね。

義理欠く、見栄欠く、人情欠く。これでいけたら、しがらみがなくて老後はスッキリする、と考えるか、それとも、それじゃ寂しい空しいと考えるか、さぁ、どっち。

「人情に厚いより、サイフの厚いほうがいい」と言ったのは、英国元首相のサッチャー女史でした。

迷走語録2

☆自分より気の毒でみじめな老人を見れば、少しは前向きに生きる気持ちになれます。上は見るな、下見て暮らせ。これが晩年を生きるコツみたいです。

☆男が色の道で現役バリバリでいられるのはまあ七十歳ぐらいまでかな。女房とはもう十数年とっくに交わりがないとしても、ほかの女性とは七十すぎても何とか成立する。子ども作ることも不可能とはいえない。ただし、七十すぎて現役だってことは人生において大してプラスではない。放出のし過ぎは、命を縮める。

☆居心地のいい空間だけ選んで、気楽に暮らしていきたい。遠慮と気がねの要る空間は息がつまって生きにくい。だから都会のマンションのひとり暮らしが好きだ。

3 これが、〝ちょいボケ流〟楽しい時間つぶし法

頭のいい、月一万円の悠々自適な日課表

現役の時は仕事に追われてますから、一日があっという間に過ぎます。六十代の後半からは仕事も少なくなり、さらに七十代になるともう隠居に近い状態ですから、一日が長い。なにをして時間をつぶしていいかわからず、ヒマで退屈で時間と体を持て余す、これが普通の人の老後といっていいでしょう。

「年齢にふさわしいアバウトな日課表を作るしかない」

これがぼくの老後を快適に生きる基本です。あり余る時間を行きあたりばったりに漠然と過ごすなんてのは勿体ない。せっかく責任のない自由時間をもらったんだから、有効に楽しく充実して活用したい。その一助となるのが日課表です。

「明日はなにをやろうか、どこへ行こうか」

と前の晩にきめておきます。もちろん週単位のスケジュールは手帳にも暦にも書きこんでありますが、それじゃ空白が多すぎて日々の時間が埋まりません。

「明日も、なんにもしないでいい、と思って寝るのは苦痛ですね。なにか予定がないと、落ち着いて快眠に入れません」

と元中学の校長さんが話してくれましたが、男はレールがないと動けないみたい。現役時代はそれこそ会社や勤務先が敷いてくれたレールの上を、きちょうめんに走ってましたよね。そのクセが老後も抜けなくて、レールのあったほうが安心する体質なのかもしれません。

日課表はもちろん自分で作成しますが、ぼくの場合は毎日どこか一か所、出先を設定します。友人知人の訪問と会食、銀行、郵便局、医院、薬局、買いもの、ギャンブル、打ちあわせ、盛り場めぐり、美術館、映画、スポーツ観戦など、これらを組みあわせると、一日に一回は外出することになって、うまく時間がつぶれます。早い話、日課表は時間つぶしなんですね。

男が家で時間を持て余すと、テレビをぼんやり見るだけで一日が終わる。これは緊張感を失わせ心と体の両方をいっきょに老いこませるから、年齢《とし》とったら引きこもりにならず出来るだけ出歩いて、気分転換をはかるべきだと思います。

「老後は時間をいかにうまくつぶせるか、これが快適か不快かのわかれ道だ。時間のつぶし方を知らない、いや工夫しないで漫然と一日を浪費するのは、人生の損失ってもんだ。好きなことを自由に勝手にやれる時間は老後しかない。現役の時にみんな、これを切望していたはずではないか」

そう思うと、老後における時間のつぶし方は晩年をにぎやかに飾る小イベントという気がしてきます。

この章では、充実した楽しい時間つぶしのこぼれ話をおもにまとめておきますが、決して特別な恵まれた例ではなく、ごくごくありふれた誰でもが実践実行してるような、典型的な老後の時間つぶし法です。

都会と地方、実はどちらが老後の暮らしに最適かわかりませんが、要は情報蒐集、交際範囲、個人の趣味趣好など、これらの組みあわせでどんな日課表でも作れます。平凡な一例を次にあげてみますね。

七十歳をすぎた年金老人が、月一万円の小づかいで毎日悠々自適に暮らしてると聞いて、週間の日課表を見せてもらいました。週単位で完結し、曜日ごとに行く先と時間のつぶし方が一定なのです。ただし、東京でなく地方都市住まい。

月曜日 福祉センター行きの市内巡回無料バスに、散歩の途中で拾ってもらい、センターへ。ここで百円の公衆温泉に入浴して、日がな一日湯治気分。夕方帰宅します。夜は、テレビ。

火曜日 自転車で市の図書館へ。ビデオやDVDで古い映画を観たりパソコンで遊んだり、持参のおにぎりを食べ、たまに読書も楽しんで、半日以上過ごします。ベストセラーは順番待ちで好きな時には読めないそうです。

水曜日 野球が好きなので、高校野球のコーチを務める旧友に誘われ、毎週練習見学、たまに対外試合のある日には同行。ここでありがたいのは、父兄がお茶菓子を差し入れてくれる。人手不足の時はタマ拾いも手伝い、先輩部員のような気分でまっ黒になって動きます。（シーズン・オフは別の日程）

木曜日 街中を隅から隅まで散歩して、街の変化をチェック。市政モニターの仕事でもあります。

金曜日 市内の、中高校生たちのイベントが何かある。例えば吹奏楽やコーラスなどが公民館のホールで無料公開され、市民憩いのひと時を堪能する。解説つきなので音楽にも詳しくなるとか。

ここらでウィークデーのレギュラー日程が終わり、土曜日曜はフリータイム。専ら市内めぐりの平日から、たまには市外の観光地、名所旧蹟などにも足をのばします。弁当持参の時もあり、旅とグルメを楽しむことも。

「以上のスケジュールで、月一万円は必要ありません。酒も煙草もやらないし、足代は自転車が主ですから、健康にもいい。あたしの小づかいはネコの餌《エサ》代に消えます」

と年金老人のかれがうれしそうに話す。実はこの人、ご近所でも有名な、ネコにストーカーされたネコおじさんなのです。散歩してると、ネコがどこからともなく集まってきて、餌ほしさに足元にまとわりつく。

「飼ってるわけじゃありません。野良ネコです。それが十匹以上、あたしを待ってるんですね。追っかけてきて離れないから餌やる、ほかのネコまで集まってくる、野良ネコがぞろぞろあたしの後を追っかけてくるから、皆さんネコのストーカーと面白がってますね」

と本人は説明するが、ご近所の話では、

「野良ネコで、人になつかないヒネクレたヤツばかりなんです。あたしらが餌やっても食わないで、寄ってもこない。ネコおじさんが呼ぶと、いっせいに集まってくる、同じ餌やるんだけどね」

聞けばネコ好きの年金老人、たまにネコ用の缶詰類を買い与えるらしいが、家庭の食事で残ったものの一部をネコ用に調達（?）して持参することもある。ネコのほうが飼われてる意識で、老人の餌に慣れてしまったということなんでしょう。

「もちろん、野良だけど、飼いネコのつもりで名前もついてます。かれらの偉いのは、絶対にわが家へは入ってきません。カミサンがうるさいのを知ってるからです。戸外での自由放し飼い方式、これがあたし流です」

ヒマつぶしの日課表はあくまで自分流、無手勝流がいいようですね。

老人の遊び道具にパソコンはもってこい

落語立川流の真打ち・立川こしらに教えてもらい、どうにかパソコンを少し覚えてから数年たちますが、もう手放せません。一日に何回か起動させて必要な情報を仕入れています。

もっとも眼が悪いため、メールの送受信は手間がかかり、メル友は数人ですが、それでもパソコンはずいぶん役に立ってます。

何よりも早くて便利なのがニュース。新聞がなくても、テレビとパソコンを併用すれば、世界のニュースをいち早く知ることができるので自己満足度は最高です。そういう高齢者がどんどん増えてますね。

新聞代って高すぎますよ。どっさり入るチラシ広告のためにまさか購読してるわけじゃないでしょうが、速報性でおくれをとる、活字が小さい、記事が一方的だ、紙面広告が多すぎる、現代人の欲しい情報が少ない、など不満をあげればキリがないけど、パソコンにかかる費用のほうが有用性においてそうとう割安だと思います。

「とくに海外へは電話や手紙より電子メール。速い、安い、用件も即決」

と友人のアメリカ人に教えられ、ぼくも利用してますが、電子メールの便利さを覚えると、世界の国々がお隣り感覚ですね。

若い人はネットで海外旅行の手配を万事するそうですが、これじゃ旅行社不要です。ぼくが京都のホテルをメールで予約したら、電話予約よりも安くて驚きました。

「えッ、陳サンひとりでパソコン操れるの？　エロサイト専門だったりして」と友人がマジに聞きますから、もちろん困ったら若い人に手助けしてもらう、近所の会社のパソコン通に教えてもらう、ひとりじゃとてもできないと正直に白状しましたが、ぼくがニュース以外にパソコンから得てる情報は次の通り。

プロ野球の途中経過と結果。これはとくに興味ないけど、話のタネとして。時刻表と場所の確認。何時の新幹線に乗ればいいか、そして訪ねる先のおよその地図を事前に調べます。

株式市場の動きと、手持ち株の値動きの推移も在宅する限りチェックします。ただし売ったり買ったりのデイトレはしないで、むしろ情報をとるために口座を開設していますが、大赤字で泣いてます。

買い物もたまに。先日はＤＶＤを現品引きかえの支払いで注文したら、翌日届きました。安かったし、今も漢詩の勉強に使用中です。

芸能ニュースは、ワイドショー。新聞とってないから、テレビ番組表はネットで見ます。

「大した情報じゃないね。その程度ならパソコンなくても全部モンダイじゃない」

と辛口の評論家にバカにされましたが、この評論家なんぞ日常身辺のことも自分でできない周囲依存型人間ですから、パソコン利用で日常生活の諸情報を入手するぼくみたいな自立型老人のほうがはるかに現代的だと思いませんか。

ちなみにぼくは、立川談志師匠と「陳談通信」というホームページを開いていましたが、これは自力じゃ不可能でした。立川流の落語家立川こしらがパソコン技術に長じていて、一から立ちあげてくれ、毎日のように更新してきましたが、かれの手ほどきで、談志さん亡きあとも、自分のブログだけ毎日、自力入力する習慣がつきました。それは「野末陳平通信」というタイトルのブログです。

そこでぼくの結論は、数年先には六十五歳以上の高齢者たち半数以上がパソコン派になる、これだけ実用性の高い便利な遊び道具は他にはない、って。

ぼくだって必要があれば、もっとパソコンを使いこなしたい。原稿もこれで打ちたい。今はもう原稿用紙のマス目を埋める時代ではなく、出版社によっては原稿用紙すらない時代ですから、手書きの原稿は減少しつつある、とも聞いてます。

また、グラフやデザインもパソコンでプロのように作成できればどんなに便利でしょうか。とてもここまで習熟するのはムリと諦めていますが、パソコン一台で、居ながらにして楽しくて有用な、しかも時には刺激的な時間が過ごせることをぼくは体験中です。

「パソコン壊れたら、焦るな。オモチャ奪われた子どものように騒ぐに違いない」

こんな風にさえ思えますが、今のところ半蔵門の隠居部屋に一台、びわこの老人ホームに一台。両者あわせての月間コストは、電話料金込みで一万円を超えませんから、あまり使用してないほうでしょうね。

「パソコンは難しそうで、覚えるのが大変らしいからつい面倒で……」

という高齢者多いでしょう。自治体やカルチャーセンターなどで実施してるパソコン教室に、誰かを誘って通えばいいのです。パソコンは遊び程度なら頭も力も経験もいりません（註・今はスマホ時代のようですね⁉）。

趣味にお金をどこまでかけるか

趣味にお金をかけたらキリがありません。ぼくはケチだからお金のかかる趣味を敬遠して専ら安上りの趣味に徹していますが、友人知人に聞いてみると、みんなけっこうお金をかけて趣味を楽しんでますね。

例えば釣りだって、十万単位の釣竿に凝ってる人もいるし、カメラ道楽だってレンズだけで何十万するとか聞きますし、書画骨董関係に至っては、「欲しいものに出会ったら、借金しても買う」という執念の持ち主もぼくのまわりに存在します。

古い映画のポスターやプログラムの類を蒐集してる友人がいますが、かつてはポスター一枚が何十万何百万もしたなんて昔話、信じられますか。

いわゆるコレクターたちの特殊な狭い世界のことではありますが、こういう趣味は常識では考えられない程のお金とコネ、情報が必要となってきます。

ぼくの主義は、お金のかかる高い趣味にハマり込んだら地獄へ落ちる、勝手にそう決めこんでますから、安上がりの趣味の食いかじりで満足しています。

「お金をかけない趣味はいつやめてもいいし、いい仲間に恵まれたら、ずっと長続きして楽しんでもいい」

こういう思いで周囲を見ますと、趣味はお金じゃないことがわかります。

ぼくは浜松のゴルフ場に関係してるから事情が少しわかりますが、ゴルフ好きといわれるシングル級の人は道具にけっこううるさい、お金をかける。

プレーも全国のゴルフ場、いや世界の名門コースを征服したがるから、費用もバカにならない。おつきあいの時は会社が出すかもしれませんが、プライベートで月に何回もプレーするとすれば、ゴルフってのは料金が安くなったとはいいえ、お小づかいが潤沢でないと楽しめません。

「ドライバーやパットなんかに金かけたって、スコアが良くなるわけじゃない」

と第三者は思いますが、ベテラン程そうじゃない。いい道具を使って自慢したがるし、現実にいいスコア出して満足感にひたり、

「やっぱり、違うぞ。値段だけの事はある」

これですから、腕の良し悪しではない、それ以上の価値をお金で買ってることになります。シングル級の人は普段から練習を毎日欠かさないし、同レベルの仲間とプレーするのが常ですから、ゴルフ関係だけでけっこう出費がかさんでいます。となると——

「お金をかけないで、いい遊び仲間にめぐり会える、こういうのが現代人向きの趣味だよ、碁、将棋はもとより、ウォーキング、山登り」と友人情報。

ウォーキング人口って、すごいらしいですね。靴一足に会費だけだから、安上がりだ。おまけに健康にいいときちゃ、誰でも参加したくなろうってもの。山歩きも、盛んですね。一か月の日程表があって、会員はそれを見て自由参加

が可能だから、この趣味は長続きして廃れるなんて思えません。

マラソンが趣味の人も激増した。ぼくの行く都心の銭湯がかれらの着替えの拠点なんですが、めいめい勝手に皇居一周のマラソンで汗を流し、タイムを競いあってる若いランナーたちは、歩行者の五倍十倍ぐらいのスピードで走ってるようです。

「一銭にもならねえのに、よくやるよ」

と思いますが、走ったあとの銭湯では、世間話に興じています。マラソンという趣味を通じて、会社以外の仲間が自然発生的にできる、ここらも長続きする理由かも。

そこでぼくの結論は、

「趣味はその道を極めることでなく、いい仲間にめぐり会えること」

これには異論続出でしょうね。趣味の道を極めるにはお金がいる、お金かけない趣味なんてのはしょせん時間の浪費だ、という考えかたの友人知人を幾人も知ってますし、高いお金をかける趣味でぼくはけっこう痛い目にあってますから、お金のかかる趣味にはもう腰が引けます。

恥を話せば、趣味で株をはじめたところ、少し儲かったりスリルがあったりするので、つい深入りして結果的には大赤字で後悔する破目になりました。

書画骨董の世界も妻が興味を持ったせいで、いくらか買い集めましたが、これらもバブルの崩壊で値下がりして大赤字を抱えてしまいました。

「そりゃ趣味じゃないよ。単に金儲けに失敗しただけじゃないか。欲の話だよ」と言われればその通り、返す言葉もありません。

俳句は知的で高尚、何より安上がり

俳句人口は今や、数十万を超えるらしいですね。お金はかからないし、仲間はできるし、頭使って知的人間になったような気分になれるし、たまには吟行《ぎんこう》とかいって小さな旅もできますし、これはおすすめの趣味です。

「わたし、句会に三つ入ってますから、忙しくて忙しくて」

なんて老婦人はついに自分の句集を自費出版してしまいました。もちろん書店では売れないし一般の人は読んでもくれないけど、「スゴイわね、あなた」と相手に言ってもらえるだけで無上の喜び。

「生きていてよかった。幸せです」とご本人は老後ライフを満喫しています。

ぼくも句会に入ってまして、ひとつは「点々句会」というんですが、宗匠が石寒太、メンバーが華やかなので友人達にうらやましがられています。

女優の冨士眞奈美、吉行和子、水野真紀、司会者の鎌倉みどり、詩人で作家のねじめ正一、同じく作家の吉川潮、漫画家の高橋春男、写真家の橋本照嵩、俳句雑誌編集長の吉田悦花、落語家の春風亭勢朝、その他、俳句仲間では知られた新海あぐり、大場熊十、若い俳優の道躰《どうたい》雄一郎、まあよくもこれだけ集めたと思えるほどのにぎやかさですから、月一回の例会のうるさいこと、うるさいこと。

会費は四、五千円で、レストランの一室を借りて約三時間、晩飯食べながらの句会ですが、あらかじめお題をもらっておき、当日めいめいが自分の句を持ち寄って、匿名で発表されたものを採点します。

採点は、天、地、人、笑、客という評価で点数を入れ、おたがいに批評しあうわけですが、誰の句かわからないまま採点するところが句会の面白さで、どの句会も似たような趣向だと思います。

高得点をとった人の喜びようは格別で、反対に低得点の場合は、口惜しがったり落胆したり、その表情がぼくにはとても楽しいのです。はじめは、「たかが趣味なのに、なぜこんなにも一喜一憂するのだろう。みんな本業で売れて名のある人たちなのに」

そう思っていたんですがね、回を重ねるごとにわかってきたんですよ。「たかが俳句、されど俳句」なんですね。自分の句がこの場で認められることは、自分が認められたことに他ならず、世間の評価を得たことにつながりますから、まさに存在がかかってる、金銭や損得の問題ではないのです。

「俳句仲間は、五七五にイノチを懸けてる」

そう思うようになりました。雑誌の企画で俳句の会に呼ばれるたびに、その思いを強くしています。

ぼくはいつまでも上達せず、いまだに季語のことがわからないくらい、俳句のセンスがお粗末でメンバーのサカナになっていますが、こういう仲間と雑談することが楽しい。ぼくの場合は、俳句を作ることが目的ではありません。

「それじゃいけませんよ。たとえ欠席の時でも、送句だけはしてください」

と主宰者に言われるたびに、頭をかいてごまかしていますが、俳句やる以上は、ほめられたい一心で真剣に作句と取り組まないと、どんどん老化がすすむ、とまで警告する俳句仲間もいるのです。

「俳句は五七五で人生を凝縮する。だから頭の体操になる」

こんなところが、高齢者に俳句愛好家が多い背景でしょうか。

「頭を使うのも体を使うのも、結局はちょいボケ防止だ」

とぼくは割りきってますが、これじゃほんとは俳句仲間から軽蔑されそうで、も少しマジメに句会に出席しなきゃ、と反省しているところです。きれいな美女たちと同席できるわけだしね。

念のため言いますと、俳句は誰でもできるし、句会にもコネさえあれば誰でも入会させてもらえますが、気のあういい仲間にめぐり会えることが最大のメリットでしょうね。

「あたし、六十五歳で俳句はじめました。うまくなりたい一心で頑張っています」とうれしそうに語る老人に、故郷の町で会いましたけど、俳句は都会も地方も関係なく、年齢性別の区別もなく、誰でも平等にスタートして楽しめる。これが、俳句人口増加につながったんでしょうね。

句会の話をもうひとつ。

句会の楽しみは誰でも参加でき、楽しみながら俳句の上達をめいめいが目ざす、これが本筋ですが、話題が俳句だけに集中すると、堅苦しくなって勉強会になりかねません。

「せっかくこれだけの人が集まったのだから、おもしろい会にしなきゃいけません」

というわけで、ゲーム性のある趣向を凝らした句会もたくさんあるようです。

ぼくも仲間にいれてもらっている、山藤章二先生が主宰する「駄句駄句会」もそのひとつで、これは二十年近くも続く伝統（?）ある句会なんですが、山藤章二さんは週刊誌の似顔絵でおなじみ。本業は画伯ですし、世間の動きにも敏感で詳しいから、この句会で宗匠の立場にあります。

ぼくは途中から加入が許可されたんですが、山藤宗匠をかこむ面々は、ラジオパーソナリティの高田文夫、作家の吉川潮、音楽会の司会もやる島敏光、フジテレビの藤原龍一郎、寄席文字や演芸企画会社をやる橘右橘。板橋で親代々のガラス店を営む高野ひろし、落語立川流の立川左談次、落語プロデューサーの木村万里などなど、落語つながりで多彩なメンバーが集まっています。

この句会はやたら賑やかで、マスコミのウラ話が飛びだすから楽しいのですが、句会を盛り上げる趣向が、ゲームの一種というか、当てものなんです。

今夜の最高得点者と最低は誰と誰か、これを連複で予想します。また、この句は誰の作ったものか、これも推理で当てようってわけで、適中者にはごほうびが出ます。

俳句の採点もさりながら、当てものの趣向がかなり盛り上がる。俳句よりもこっちの遊びの部分がぼくにはむしろ楽しいです。

ぼくは「野ざらし」という俳号を使ってますが、「野ざらしはいつも最下位だ。もっと勉強して、いい句を作ってほしい」

といつも山藤宗匠からハッパをかけられますが、

「この駄句駄句会の評価基準はサプライズなんだから、野ざらし流のあたり前すぎる句は手抜きで点が入らないよ」

このきびしい指摘は、まさにその通りで、ぼくは俳句よりもごち走食べながらの歓談が目的で参加してますから、得点はいつもビリで、俳句がほめられた経験は皆無です。

そもそもが句会ですから、あまりにもヘタな句はひんしゅくを買う。かりにメンバーから追放されたら、ぼくは楽しい夜のだいじな企画をひとつ失うわけだから、こうならないために俳句以外の実力で、つながっておかないといけません。

そのコツは、みんなに好かれること、嫌われないこと。そういうサルみたいな愛嬌者として存在しないと、影がうすくなってしまう。だからぼくは、俳句の上達よりも、いじられキャラとして存在感を出そうと心がけているのです。

「それは邪道だ。参加資格なし」

という声もありますが、今のところぼくは自分流に開き直って、気楽にやらせてもらってます。

蛇足になりますが、句会というのはたいてい自分の席がきまっていて、ぼくがこの「駄句駄句会」にいれてもらった時、山藤宗匠のまん前の席が用意されました。

吉川潮と高田文夫がいうには、

「その席は名誉ある長老の席ですよ。この間まで、玉置宏さん、その前は横沢彪さんの定席だった。お二人とも亡くなってますが」

いやはや、この句会でぼくは最高年齢のじいさんなんです。これじゃ、いじられキャラもしかたないですよね。

詩吟はボケ防止にうってつけ

詩吟は一石四鳥の趣味といえますね。腹から声を出すから健康にいい、新しい仲間ができて楽しい、漢詩の勉強にもなる、そしてたまにはグループで漢詩をテーマとした中国旅行もできる、これが詩吟愛好家の老後の生きがいだ、と聞きました。

実はぼくの住む都心のマンションのそばに、富岳流の千代田教場（ブティック社内）があるんですが、世話役の志村昌也さんによれば、

「ここでは六十代は若手。七十代の男女が中心ですが、一時間以上かけて通ってくる人が何人もいますよ。最高年齢は八十六歳です。過去の職歴もさまざまで、大企業の元役員から自営業、もちろん主婦も多いですが、週一の稽古を欠席する人が一人か二人、ほとんどが皆勤だから驚きです」

これにはぼくだって驚きで、二時間の稽古が終わったあとの軽い飲み会をのぞいたことがありますが、詩吟好きはみんな元気でおしゃべりが大好きですね。詩吟がいかに健康にいいか、ボケ防止になるかがわかります。

富岳流有志による「中国詩吟の旅」のビデオも見せてもらいました。四泊五日ぐらいの強行日程で、ぼくにはとても無理ですが、吟友仲間の体力のすごさ、気力の充実、とても七十代の男女とは思えません。中のひとりは、

「詩吟を通して人生を学びますね。おまけに私は、ぜんそくも治りました」

趣味の詩吟がなぜここまでプラスなのか、理由の一つはどうも、昇段試験にあるようです。昇段挑戦が生きがいだ、という人もいるそうだし、試験に失敗してプライドが傷つき、何年も続けた詩吟をやめてしまう人もいると聞きました。

世話役の志村士山こと志村昌也さんに金銭面のことで率直な疑問をぶつけてみますと、

「月謝は安いですよ、消費税込みで月に二千六百二十五円ですから。このほか、昇段には認定料を本部に納めますが、負けたくない、抜かれたくないという一心で、みなさん昇段を楽しみに稽古に励んでいますね」

そういえば、発表会や忘年会で全員が好みの詩や和歌を吟ずるのですが、全員、自己陶酔の極致のおもむきで、

「こんなにお金のかからない高尚（？）な趣味はない」

とヘンな感心をしたものです。

ぼくがなぜこの仲間に入らないかといえば、この年齢で一からスタートしたとしても昇段まで時間がかかりすぎ、楽しみより苦痛を先に感じてしまうため、ぼくにはその決断ができません。おまけに歌謡曲すら下手でカラオケも苦手ときてますから、詩吟がうまくやれるとは思えません。

「陳平センセイ、まだ初段ももらえないのですか。頑張ってください」

なんて励まされるのもカッコ悪いでしょう。見栄っぱりのぼくとしては、詩吟は他人にはすすめるけど、自分にはハードルの高い趣味なんです。

ギャンブルの刺激で老化を防ぐ

老後の刺激はボケ防止になります。刺激の二本柱はいろけとギャンブル、と言いたいところですが、いろけは個人差が激しく命取り（？）になる恐れもあるので、個別事情あるいは当事者問題としておきましょう。

ギャンブルで一般的なのは、競馬、競輪、競艇、パチンコなど、どれもギャンブルというよりレジャー化しているようで、主催者の売上げは落ちてますが、年齢や性別に関係なく、これらを楽しむ人たちがかなり存在します。

ぼくが手がるに楽しんでいるのは競艇で、東京の平和島競艇やびわこ競艇によく出かけます。びわこ競艇場は自由席を見る限り、高齢者が六割から七割。みなさん大声は出すし、大穴が出ればどよめくし、元気そのもので興奮しながら余暇時間を過ごしています。

競馬をふくめて三連単が人気でしてね、そりゃそうでしょう、百円があっという間に三万、十万、数十万、数百万円の配当にその場で直結するのだから、適中すればもう興奮の極致です。

ぼくの友人が三連単馬券を百円単位で数十通り買い、五十万円近い大穴をゲット。札束を手にしたかれの第一声には笑いました。

「ひょっとしてオレ、競馬で食っていける」

これは絶対にあり得ないけど、少ない資金で自由に遊べるところがギャンブルの面白さです。ぼくの軍資金は一日一万円。黒字になることはまったくありませんが、老後の刺激代としては安いものです。

「宝くじのほうが楽しいや、何億円の夢が買えるんだから」という宝くじファンもいますが、即決、即払いのギャンブルのほうが刺激的でぼくは好きです。

ギャンブルは宝くじのような僥倖《ぎょうこう》だのみではなく、推理が基本ですから、頭を使いカンを働かせ気を集中して、レースごとに一喜一憂します。おまけに場内のあちこちを歩きまわるから、総合してこれは脳の活性化に役立つはずで、ぼくの独断ですが、脳トレにギャンブルほど最適なものはありません。

「いや、そんな建て前の話じゃなく、金が儲かる、一儲けしてやるぞ、この一獲千金のスケベ根性が一番のボケ防止になるよ」

これはギャンブル歴五十年の友人の分析。

昔はこれで生活を破滅させちまったおバカさんもいましたが、現代のファンはそれほど無茶・無謀ではなく、ブレーキをきかせた楽しみかたをしているのではないか、と思いますよ。

「ギャンブルで身を持ち崩す奴もいるよ。立川談志さんの弟子でブラック師匠という真打ちの落語家、かれは競馬の借金で首がまわらなくなって破門された」

というナマナマしい話がぼくの周辺にもありましたが、こういう人はギャンブル病でしてね。老人はここまで大胆にはなれませんし、無理な金策もあまりしませんから、遊びにもおのずとブレーキがかかってきます。

「あたしはパチンコのほうが刺激があって好き」

という老婦人も知ってますが、一回数万円使っちゃうんですよ、この人は。娘さんもサジを投げて、「パチンコが生き甲斐なんだから、死んだらパチンコ葬でもしてやるわ」という調子です。ぼくはパチンコの趣味はありません。

麻雀はギャンブルとはいえませんが、親しい仲間で雀卓をかこむのは、老後のおすすめですね。

ぼくの旧友の八十歳前後の老人仲間は月一回ぐらい集まって、昼めしを賭けています。地方都市だから集合しやすいし、一番負けた人が昼めしをおごる、天丼かうな丼を出前でとる、という程度の遊びですが、

「もう年齢《とし》だでいかんわ、体が半日もたん。午前中に始めて夕方までやると、もうヘトヘトで疲れてシンドイ。指先動かすいい運動だと割りきっとるがよ」

主催者の元社長は言いますが、ぼくも仲間に入れてもらったところ、和気あ

いあい過ぎて物足りませんでした。ボロ負けしてもみんなの昼めし代の負担ですむのだから、ドキドキしないんですよ。でも、楽しいヒマつぶしになりましたから、擬似ギャンブルとしては悪くないという印象ですね。

以上、ギャンブルの魅力をまとめれば、脳をつかう、カラダを動かす、少ない資金で一日楽しめる、感情の起伏が快い刺激になる、相手がいなくてもひとりで時間がつぶせる、このあたりまさに老後向きではないでしょうか。

別人格で一日を生きてみよう

誰だって変身願望はありますが、加齢してくると、今まで六、七十年もつきあってきた自分自身ってものがイヤになる、そんな時がある。ねッ、あるでしょう、押しつけるわけじゃありませんが。

「こんな自分を捨てたいよ。いつもの自分にはもう飽きた。たまには別の自分になって違う人生を生きてみたい」

というぼくの思いが黒メガネの悪役を選択させました、なんてのは大昔の話で、今でもぼくはボケ老人の真似をしたりフーテン老人の気分で街へ出たり、わずか一日だけですが、仮想の自分を楽しむ悪趣味な実験（？）をしています。

その実験のひとつに、たしかに悪趣味ですが、ホームレス姿で銀座の高級店に出入りしようとして大失敗した話があります。

世界のブランド店ですから当然つまみ出されるのを覚悟で入店しようとしたところ、ガードマンに拒否された。

「お金あるよ。現金、カード、ほらッ」

とぼくは汚ない鞄の中からカード数枚と十万円の束を取りだして見せましたが、「ダメダメ、おじさんのくる所じゃない」と断固、入り口で追い払われたのです。

これは想定内なので、今度はデパートと商店へ。ホームレスの格好ですが、お客も女店員も別に気に留めません。

何か買おうと、女店員に話しかけると、普通に応対してくれるのでわざというろいろ質問し、調子に乗って、

「おねえさんを買いたいけど、いくら？」

流石に女店員は苦笑しましたが、この時です。どこからともなく中年の男子店員が二人ぼくの横にぴったりつきましてね。体にはふれないけど、ぼくの耳元で、

「恐れいりますが、外へ…」

こっちはホームレスを楽しむ立場ですから、ここでゴネて事件になってもしょうがない。

次はデパ地下で買いもの、これはスンナリ買い物ができ、期待した拒否反応を相手が示してくれないことが却って物たりなくてね、銀座四丁目の角に立って次の行動プランを考えていたんです。

「ホームレス姿でも拒否されない時代なんだ。それどころか、却って無視され

る。これじゃ刺激がない」

ってわけで、もっと面白い反応が起きるかなと期待していたので、まるでぼくの変身は空回り。そこへ追い討ちをかけるように中年のサラリーマンが寄ってきて、

「陳平さんでしょ？　変装してもダメですよ。首のあたりが白いもの。本物のホームレスは黒光りしてます。それに歩き方もフツーだし」

これで下手な芝居はおしまい。半日ホームレス体験は無惨でお粗末な終結でした。ぼくの研究不足と企画の安易さ。とんだ恥さらしでしたので、ここでガラリと目先を変えましょう。

女装の好きな人、けっこういますよね、大企業の幹部の中にも。ぼくの知人は神田あたりの女装バーで入念に変身し、その姿で銀座を悠然と遊歩する趣味を現役時代から続けていますす（いまの学生たち、女装が大好きとか⁉）。

「女装すると、別の自分になりきれて陶酔の世界にひたれて楽しい」

ちらっと話してくれましたが、こんなの仮想遊び、コスプレゲームの一環と

考えりゃ何の不思議もありませんものね。若い娘たちが喜々としてやってますものね。年寄りがこの真似するのも暮らしのリズムを変化させる効用があると思います。

これはただのおしゃれとは本質的に違う、別の自分に変身する、別人格で今日を生きる、てな感じでしてね、仮装行列に出場する感覚をさらに延長し深化させ、ゲームから現実世界に踏みこんだ、というあたりが面白いのです。

「そんなのはもう一昔前の古典的感覚だよ。現代は女装がメシの種になる。テレビで女装タレントがハバをきかせてるじゃないか」

と、ぼくの友人が時代分析するには、

「テレビは何でもアリだから、一時はオカマとニューハーフ全盛だった。と思っていたら、今度は女装の異色キャラを見つけてきた。女装は今や趣味でなくビジネスになるんだ」

いわれてみれば、テレビのバラエティなどには、マツコとかミッツとか女装の怪人が堂々と出演し、人気を博していますよね。

「これで女装も市民権を得た。大学の学園祭などは、女装コンクールもあるくらいだ。もはや趣味でなく、ビジネスとして女装をめざす男たちがふえているんだ。知らないだろ、トシとった陳さんなんか、こういう先端のことを」

友人に煽られ、流石のぼくも沈黙してしまいました。

変装の話、つまり別人格で一日を楽しむ、という発想に戻りますと、これはけっこう貸衣装代などでお金もかかるし、身近な人に知られて困ることもあるでしょうから、あたり前の自分で満足してる読者は普通のおしゃれで満足すればいいのです。

「たまに刺激がほしい。普段と別の目線で世の中を見てみたい」

そういう人は仮装で別の自分に化け、いつもとちがう別世界を楽しめばいいわけで、しょせん遊びと割り切れば、年寄りのコスプレごっこだってアリ、ってことになります。

お祭りには町内会の仮装行列もある、神社寺院や自治体のイベントでは時代劇の扮装で観光PRもする。こういう趣向を個人レベルでも実行すると考えれば、一日だけの別人格ライフもまた愉しからずや、です。

「現実をごらんあれ。フラダンスの教室が繁盛したり、社交ダンスの流行が定着したり、これらを見てもご婦人方の間に、非日常の衣装を身にまとい、一時的にちがう自分に変身して別次元の人生を楽しむことが、あたり前みたいになってますよね。この趣向はこれからますます目立ってくるのでは？」

と思いますが、趣味と実益を兼ねた変身願望のアイディア、ヒマだったら気ままに考えてみましょうよ。

退屈で困ってる人はシルバーパス旅行

老後の時間を持て余している読者に、とくに珍らしくはないけど、話のタネとして安上りの小旅行（？）を紹介しましょう。

東京だけでなく大都市はどこも有料の老人パスがあると思います。

「一年間で二万円ちょっとだろ？　乗り放題とはいっても老人はそんなに乗らないから、赤字に決まってる」

という先入観で無関心の人が多いようですが、乗りかた次第では東京通になれるし、天気の日は東京めぐりの旅ができ、その気になって使えば四倍五倍の価値がある、と宣伝するぼくの友人がいます。

「このパスが年寄りたちに外出の機会を作ってくれますよ。パスがなければ引きこもりでしょうね、私は」

聞けば七十歳以上の都民向けに販売されているこのパス、有効期間があって毎年更新をしなければいけないそうですが、都バス、私鉄バス、都営地下鉄を自由に組みあわせて乗り放題ですから、所用よりむしろ東京見物のレジャー用に使えば、モトが取れて黒字になってしまう便利な観光パスなんですね。

ぼくも今年はこれを買って、友だちと東京観光するつもりなんですが、年間二万円ちょっとで隅から隅まで東京中がまわれるから、時間つぶしの案に困りません。

さしあたり思いつくのは、下町コース。深川不動と富岡八幡を中心に、門前仲町、清澄庭園など。また、錦糸町、押上、浅草、上野、こんな流れの組み合わせで何日かは楽しめそうです。いま大人気の東京スカイツリーも組みこめますし。

同じ下町めぐりでも、都電荒川線一日コースもあれば、バスで上野から御徒町、大塚、巣鴨、池袋という流れ、または途中から北千住や西洗大師方面へ足をのばすのも面白い。このあたりはサマ変りのにぎやかな盛り場になってますから、一見の価値ありです。

都営地下鉄大江戸線利用コースも変化に富んでますよ。青山、六本木、麻布十番、汐留、築地、月島などどこで下りても半日はもつし、途中からバスに乗りかえて白金、目黒、渋谷、原宿、新宿などで遊ぶ計画もたちます。

「いちいち乗車券買っていたら、面倒でとても行けない、見物できない、そんな東京の新名所旧名所、食いもの処に、一枚のシルバーパスがどこでも無条件で連れてってくれるんだよ。一年二万円の老人パスは安い」

これがぼくや友人たちの結論ですから、これまでパスを持たないぼくはやや時代おくれだったことになります。

「東京の交通網は想像以上に充実してるね。東京中のバスと地下鉄を併用すれば、どこにも行けて楽しめる。出かける機会がふえるだけでも、ちょいボケ防止になる」

ひとり遊び、あるいはグループ遊びのキメ手としてご検討あれ。

迷走語録3

☆老人に未来はない。過去と今だけがある。過去を忘れて今のみに生きる、こういう人は幸せです。

☆老人には夜の静寂が恐怖のタネだ。とりわけひとり暮らしは孤独が身にしみて胸が締めつけられる。だからテレビの音、ラジオの音、クルマの音でさえ、不安と孤独を和らげる。テレビ・ラジオをつけたまま眠りに入る習慣も理に適ってるのかもしれない。NHKの「ラジオ深夜便」の人気がわかる。

☆老後の頭は空洞がいい。どんどん忘れて頭カラッポの状態になると、新しい情報も入るし、時代の風も吹きぬけてくれる。だから、いつまでも若い。

4 老後の毎日は、やっぱり「お金」が命です

老後は小銭出ていく、大金逃げる

この章ではお金がらみの話が中心です。老後はとくにお金の存在が重要であること、今さら言うまでもありませんし、お金に困る老後なんて考えただけで暗くなりますから、お金に関しては、ちょいボケなんて呑気なことは言っておれません。

まずは老後資金。

何千万用意すれば老後の生活設計は安心か。こんな貯蓄目標がマスコミで示されますが、あれは微妙な数字でしてね、個人差がありすぎてあんまり意味のないデータ（と言えるかどうかも微妙！）だと思います。

ぼくも数十年前はこれに近い目標をたてて努力したもんですが、いま七十代

の半ばを過ぎて、ぼくの実体験から、ちょいボケ風の文句をつければ、お金ってのは、

「あれば出ていく、なければないで何とかなる」

こういう性格のやつなんです。

とはいっても、最低一千万円ぐらい、あるいはそれ以上欲しい、ここらがメドかな、と考えます。健康保険などの補助（高額療養費、生命保険、損害保険など）もありますから、とりあえず一千万あれば、万一の時でも急場はしのげるはずではないか。甘いといわれるでしょうが、そんな老後の生活資金よりも前に、お金の本質（？）についてまず考えましょう。

老いてから誰もが気づくのですが、

「歳月は人を待たず、お金は人に寄りつかず」

老後はなぜか、おさえようと思っても、一万円札なんぞあっという間に消えていきます。

「もう欲しい物もお金使う場所もない。お金より健康です。欲しいのは、長寿

です」

なんて心境は八十歳すぎてから。それまでは、小銭も大金もどんどん出ていきます。

ちょっと友だちと会っただけで、交通費、コーヒー代、食事代などでもう数千円は飛びます。映画観たってスポーツ観戦だってン千円を覚悟しなけりゃなりません。

タバコ代や食事ふくめたら、一回の外出で最低五千円から一万円、これが都会の相場だと思います。月に二回外出しても、大きな出費です。

「一万円札、くずしたくないのよ。くずしたら、すぐ無くなるから」

と嘆く老婦人がいますが、くずさないわけにもいかず、一円五円の小銭ばかりがじゃらじゃらと財布で音を立てます。カードを使えば、一万札への未練はなくなるが、これまたつい買いすぎたりで浪費につながる、お金ってやつはまったく一か所に落ちついてくれません。

「小銭が出ていくのは慣れっこだ。これはしようがないが、折角貯めていたオレの虎の子がごっそり出ていったのには参った」

と友人のS君がぼやくので、聞いてみますと、これは運が悪い。高校生の孫がバイクで事故を起こし、両親にないしょで祖父母に相談にきた。示談なので相手への補償など事故関連費用のことで泣きついてきた、というのです。

「女房が孫かわいさで、お父さん助けてあげなさい、って言うんだ。自分のへソクリは出さねえでオレだけに強制する。両親と孫が揉めてその飛ばっちりがこっちへ来ても困ると思って、出してやったよ。孫にバイク買ってやったのはオレだから」

いやはや、これじゃ孫孝行しすぎたご本人の責任だ、と言いたいところですが、虎の子にスルリと逃げられた祖父の口惜しさが、口ぶりににじみ出ていました。

もっと始末の悪いのが、結婚した息子や娘の尻ぬぐい。これもぼくの周辺ネタですが、

「息子の野郎が浮気して、相手のオンナにそうとうな慰謝料要求された。会社

に乗りこまれてもヤバイというんで、けっこうまとまった金を用意したんだ。わが息子の不祥事だから、息子の嫁に会わす顔もないし、息子をなぐってもケリはつかない。定年後十年もたってこんな災難に見舞われるなんて」

と当人えらく落ちこんでました。

娘が子連れで離婚して戻ってきた話もあります。

「同居も考えたが、親子ゲンカは避けたいし、思春期の孫娘もいるので、近くにマンションを借りてやった」

金額にしたら百万円を超えるぐらいの臨時出費になるのでしょうが、こういう思いがけぬ出銭もあるから、人生はいくつになっても安心できません。

ましてや夫婦のどちらかが事故や病気になった場合などは、かなりまとまったお金が出ていきます。どこの家庭もそういう不慮の出来事のためにお金の備えをしているものの、こればっかりは想定外だから誰をも怨めません。

「金ってのはいずれ縁が切れるもの。死んであの世に持っていけるわけじゃなし」

と、悟ったようなセリフを吐く人もいますが、そういう人に限って欲が深くてね、調子のいい儲け話に釣られ、一千万円以上の大金をいい加減な会社に投資して、取らぬ狸の皮算用どころか、

「話がちがう。だまされたのか。詐欺だったのか、これは」

と大騒ぎするのです。世の中にうまい金儲けが転がってるわけないのにね。

「元金が二年で五倍になるといわれました。はじめの半年、利息分きちんと振りこまれたので信用して、さらに投資したんですが」

こんなのは自己責任です。誰も同情しないし、投資したお金も戻ってきません。目先の欲で大金を粗末にした自分が悪いというオチなんです。

何百万何千万というお金を持ってる人は、それを守ってやる責任があります。お金は自衛の知恵のない人を嫌いますから、「うまい、危ない。ボロイ、こわい」というマネーの鉄則を忘れたらいけません。

お金をむしり取っていく一番の敵は、身内

家計の無駄を切りつめる。これはどこの家でも常識ですが、口でいうほど簡単じゃない。「無駄な出費なんて百円もない」というのが家計を預かる主婦の感覚かもしれません。

「現代では、家計費のうちで一番厄介なのが交際費です。これは生きていくための必要経費の一種といえますから、削れるようで削りにくい。友人知人との交際費は抑えることもできますが、親族というか身内というか、こういうおつきあいは血縁関係だけにどうにも削れませんよ、とくに地方ではね」

こう分析するのは、生活評論を得意とするぼくの後輩。半ば同感しますが、現代人の平均的家計調査データによると、家計費の半分ちょっとは食費や住居

費などで、あとは教育費・レジャー費・教養娯楽費など。そして、ここ数年でとみにふえているのが交際費なんですって。

「他人には義理を欠くこともできるが、親族間じゃこれまで何十年の経緯《いきさつ》があるからな、それを無視して、もうやーめたってわけにゃいかん」

地方都市に住む友人がぼやく。かれは娘が三人いて自分の兄妹も四人だから、それぞれが独立し世帯を持つと、いやでも親類がふえます。孫だけで四人いるから、毎年なにかの理由でお金が出ていく。

誕生祝い、入学祝い、合格祝い、お稽古ごとの発表会祝い、夏の合宿、スポーツ大会出場祝い、などなどどうでもいいような年中行事に追われ、孫から連絡がくるたびに祖父母は青ざめるというのです。

「孫の場合はいくらでもないがな、困るのは結婚式だ。新郎新婦とろくなつきあいがないのに、親類だって理由で出席しなきゃならん、それも夫婦で招《よ》ばれる。おめでたい話だからケチはつけたくないが、祝い品を入れたら五万、十万が軽く吹っ飛ぶ。縁戚関係を怨むよ、こっちはこの手の金が出ていくばっかりでお祝いもらったこともないんだ」

このようなお祝いごとの一方通行は不運としかいいようがありませんが、大げさな結婚式を親戚のどこかにやられるとほんとに迷惑ですね。見栄の張りっことはいわないまでも、競争意識で派手な挙式となる。人数も揃えないとカッコ悪い。勢い、お義理で出席を余儀なくされる最近の親戚たちは、単なるおつきあいのために時間とお金を大ロスしてしまうのです。大学の同窓生が、

「これを義理人情の世界で割りきれるかい？　うちあたり娘の結婚式は地味にやって親戚に負担かけなかったが、最近は派手婚になったせいかホテルで盛大にやるんだ。今年だけで三回、つきあわされた。交通費ふくめてハンパじゃない。これは親戚という名の暴力だ。何とかならんかね、これは」

こんなボヤキは他でも耳にします。

「おいしくもない料理で三時間も夫婦で座らされて、花嫁花婿の顔をこの時初めて見て、おめでたい実感なんてちっともわきませんよ。おまけに引出物がカップルの名まえ入りのワイングラスですよ、うちはワインなんか飲まないの

に」

こんな婦人もいれば、辛口の元高校教師は日本的結婚式の古い慣習をきびしく批判します。

「新郎新婦と縁のない親戚など招《よ》ぶ必要ありません。ほんとに祝福してくれる親しい人たちだけ招いて披露すべきですよ。おつきあいの親族一同がガン首揃えても新郎新婦は幸福にはなれません」

まさに建て前としてはこの通りとしても、あっちを招んでこっちを招ばないじゃ、あとあと揉める、一生に一度の披露宴だから公平平等に文句がつかないように、という配慮もある。これも親戚づきあいを今後ともスムーズにやっていくためには必要でしょうから、招く側の理くつもあるのです。

前の章でもふれましたが、ぼくは意識的に義理を欠こうと思ってますから、ここ二十数年、結婚式はよほどのことがない限り出席してません。招待を受けたら、お祝いを送って勘弁してもらってます。出席するのは、新郎新婦のどちらかと知りあいの時だけで、そういう時はスピーチも頼まれますからね。受けるネタを用意したりして、これもまあ楽しみの一つとなります。

だから前出のボヤキの友人に対して、ぼくは自分流を言ってあげました。

「出席したくない時は当日なにかウソの用事を作ってあらかじめ欠席を伝えておけば、無駄な金使わなくてすむ。電話でお祝いの一言を告げりゃなおいいよ。とりあえず義理堅い人と思われるし、親戚中に悪口も言われなくてすむし」

かなり適当ですが、親戚間でバカ正直に義理を果たす必要はないと思いますね。交際費というには、親戚づきあいのお金はもったいない場合が多々あります。

とくに結婚式。わが家もね、引出物でもらった時計や花瓶やグラス、湯のみ茶わんなどが箱入りのまま、随所に眠ってます。売れない、人さまにあげられない、といって使うアテもない。どうしましょう?

とはいいながら、最近は結婚式の実情も、都会ではかなり変ってきました。地方ではまだまだ旧態依然で、挙式側も参加側もけっこうお金がかかるようですね。

嫌われるケチ、そこまでやるか

ケチと節約は紙一重。「物惜しみ出し惜しみはケチで、合理性があればケチでなく節約」と一般には言われますが、この際ケチの定義にはこだわりません。「相手に嫌われたらケチ、これは自制自重しよう」

これがぼく流なんですが、妻にいわせればぼくは大ケチで、若い頃の話ですが、不要な部屋の電気を勿体ないからどんどん消すと、

「暗くしないでよ。気分まで暗くなる」

と彼女はどの部屋も電気つけたままの明るい状態が好きなんですね、電気代の問題じゃないって論法です。

妻だけでなく周囲の目も、ぼくをケチだと見ています。吉村作治さんによれ

ば、

「こまかいお金ないから電車賃貸して、とセンセイ（ぼくのこと）が言うから、千円出したら、十円足りないんだ、十円でいい、と言って千円返しましたね。でも、あの十円まだ返してもらってない、もう返さなくていいです、あげます。あきらめました」

こんな笑い話をわざと吹聴します。「金持ちのご愛嬌、ご愛嬌」とぼくが受けるので、いつしか金額が大きくなって、「陳サンは金持ちのくせに千円、誰からも借り歩いてる」なんて、一時は伝説になってました。

談志師匠に至っては、

「陳平は稀代のケチ魔だぞ。安いコーヒー屋に入るたびに、ミルクや砂糖を無断でポケットにしまいこむ。この間は、楊枝まで持って帰った。あれはドロボーじゃねえのか」

これですからね。マスコミ界の話は尾ひれがつくから、かないません。

「でも現実に、そういうしっかりした客いるぞ、堂々とミルクや砂糖を鞄につめこむサラリーマンが」

なんて話もあるから、ケチな人にとってはこれくらい当然なんでしょうね、お店側もうるさく言わないようですし。

ぼくが、こいつケチだな、と笑ったのは、関西系のビル会社のオーナー。禁煙を自称してるんですが、会議や商談の席で相手に、

「タバコ一本、ごちそうしてくんなはれ」

いわばタカリですが、タバコ一本は誰も気にしないから、快く出してくれる。この人、俗称ケチ山と言われてますが、「自分でタバコ持っとると、つい吸いすぎるんや」と自戒してましたから、ほんとはケチでなく禁煙対策かも。

嫌われるケチの典型を二つ三つ。

民営化になってから郵便局でも、筆記用のしゃれたボールペンをお客用に置いてありますよね。あれを手あたり次第持ち帰ってきて、人前でそれを使うたびに、

「これ、ＪＰ郵便局の特注」

とかなんとか言いながら、見せびらかす人。

「すいません。今、用事してるので、悪いけど、三分後に電話かけてくれる? お願い」という電話でこちらから強制。

これは女性に多いかな。ホーム電話でもケータイでも似たようなもので、長電話になると、電話代こっち負担でイヤだから、相手にかけ直させるという小ずるい魂胆です。この手法も家計のため、と思えば憎めない、涙ぐましい知恵かもしれません。また、ワン切り専門の有名女史もいますが、メールの場合は簡潔でこの方が節約になりますね。

老後にはやらないほうがいいケチ行為もあります。もちろん自宅ではかまいませんが、人前ではダメというケチの数々、実はぼくのクセなので妻がとてもいやがるんです、それほど恥かしいケチじゃないのに。

一つは、カレンダーの裏とかチラシ広告の裏とか、使えそうなものは何でも裏側をメモ用紙に使うのがぼくの昔からの習慣ですが、ここに書いたメモをそのまま相手に渡す、うっかりこういうミスをおかすと、彼女が怒ります。

「相手に失礼でしょ、ケチと思われるし」

民間会社じゃあたり前でも、個人でやるのはケチだ、と妻が文句いうのです。親しい相手なんだからいいじゃないか、とぼくは思いますが、それなら銀行や企業からもらったメモ帳を活用すればいいのに、それはそれで大事にしまっておくのだから、矛盾してますよね。

もう一つは、マナーの悪さと表裏なんですが、紅茶とかお茶のティーバッグね、あれをうっかり人前で自宅同様に絞ってしまう。あるいは、ボトルを最後の一滴まで振ってカラにする。たしかにみっともないから、年齢《とし》とったらこういうバカな真似はしないほうがいい、と反省してます。

まだ、あります。レストランなどで食べ残したものを、「持って帰るから包んで」と店側にたのむ、これも妻が嫌います。中華料理なんかはこれがあたり前だ、むしろ料理人への礼儀だ、とぼくは反論しますが、絶対に譲りません。

「老人なんだから、みじめったらしい真似しないで。あたしが恥ずかしい」

なんて理由から、最近は夫婦で外食する機会が激減しました。生まれつきのケチ根性が招いたマナーの悪さだけは、ぼくの場合、いくつになっても改善されません。このまま終るんでしょうね、多分。

老後を自分流に楽しむおばあちゃんたち

「うちはビンボーで一生うだつが上らない」

こんなセリフが口ぐせの人には、いい老後は訪れませんね。独断と偏見を非難されるのを承知でいいますと、自分の貧乏を他人に訴えるうちは心もからだも老化の一途でヨレヨレの坂道を転げ落ちるだけ。実年齢よりも老けて見られ敬遠されて、世間さまとマトモにつきあってもらえません。

ビンボーなのはやりくりが下手で、おまけに情報不足で工夫が足りないんだ、という一面がたしかにある、とぼくには思えます。

「陳平のヤロー、自分が金に困ってないから無責任なこと言いやがって、冷酷な奴め。弱者へのやさしさ、いたわりがカケラもない」

と怒る読者もいるでしょうが、周囲の高齢者たちの暮らしぶりを見る限り、これが実感なんですよ。

老後の幸福とはナニか考えてみますと、いくつになっても仕事がある人、男ならこれが一番幸せですよね。職人、店主、自由業、自営業、管理人、パートやアルバイト、趣味関係の教師、団体役員など、たとえ収入はわずかでも仕事があるだけで世間とのつながりが保たれ、生きがいも少しはあって、充実した気分で楽しく生きていけます。

ボランティアも悪くない。

お金に結びつかなくても、世のため人のためにやることがあるのは世の中が自分を必要としている証拠ですから、生きがいに直結します。

仕事がなくても、時間さえうまく使っていれば、年金生活の老後もけっこう弾んで面白い日常が送れる。ぼくはこの事実をいろいろと見聞しています。

趣味や遊びについては別の項目でふれてありますが、お金の使いかたの上手下手が間違いなく老後の楽しみを左右しますね。

「あたしねえ、月十万円の年金が使い切れないよ。コーヒー屋は安いし、オカズはデパ地下やコンビニやスーパーだしさ、出かける仲間はいるし、趣味の会は四つ入ってるし、区役所のイベントは無料だからたいてい行くしね。家賃がいらないひとり暮らしだから、年金だけでラクに食っていけるのかねえ」

これは落語好きの、知りあいのおばあちゃんですが、本人の口ぐせは、「あたしは貧乏性で地味にやってきたから、健康で医者もたまにしか行かない。ありがたい人生だ」

この人は例外というわけでなく、草津や那須の温泉で知りあった老人たちが大体こんな調子なんです。

那須の湯治場は一泊三食で六千円。流石にぼくは宿泊なしの日帰りですが、彼女たちは電車でJRの駅までくる、そこで仲間たちと落ちあい、みんなでバスで湯治場へ。ここだけのつきあいですが、温泉に入りながらの世間話で盛り上がって、翌日別れて自宅へ帰っていく、これを月に一、二回は励行してると話してました。

「別荘気分だよ。別荘より安上がりだ」

という声もあるから幸福（？）な老後です。

低料金の高速バスツアーで、草津や塩原、鬼怒川の温泉めぐりをしてる老婦人のグループにも会いましたが、彼女らは三々五々、新宿や横浜、千葉、上野などの集合場所へ集まってくる。年齢問わず、男女合流、ひとり参加でもその場で仲間入りできるから、東京近県にこの送迎つき温泉行きの団体バスはかなり好評のようで、このルートは何本もあると聞きました。

「このツアーはムダなお金使わないからいいよ。交通費安くて温泉入れて、お腹いっぱい食べて遊べるんだからね、仲間もできるしさ」

と中の一人がヘンな自慢してましたが、ぼくはおばあちゃんたちの遊び上手に感心したものです。お金をあんまり使わないで遊ぶ情報と工夫が見事じゃありませんか。そしてこれがクチコミなんだから流石は女性パワーです。

「人それぞれに老後あり。自分流の老後を早く見つけたほうが勝ち組。見つけ損なってイジイジしてるのは負け組」

ぼくはこんな風に極めつけていますが、都会の高齢者たちだけでなく、地方都市の人も知恵があるから、美術館、お芝居、コンサート、落語会など、マメに切符を手配して友人知人と楽しんでるようです。

落語会なんて入場料が三千円そこそこですから、月に二回行っても年金生活に破綻は生じません。ぼくの行きつけのコーヒー店が国立劇場の帰り道にありますが、終演後いつもいっぱいですよ、観劇帰りの年配の人たちで。

彼女らの共通認識はこれです。

「年齢《とし》をとったら家にいないのが、家族（とくに嫁）とうまく暮らすコツ。出かけるほうが楽しいし、仕事があればそれが最高」

残念ながらぼくは、元気で達者なおばあちゃんたちのレベルまでは、まだ達していません。

加齢からくる体力の衰えに精神が足を引っぱられ、スポーツはだめ、おいろけも絶望的、海外旅行もパスポートが数年前に切れたまま、おまけに眼の手術を二回もしたのに視力が前みたいに回復せず、カラ元気のちょいボケ人生よちよち歩きです。ちょっと嘆きすぎ、ボヤキすぎ、自意識過剰ですけどね。

遺産相続で損しない…

話はガラリと変って、ナマナマしい相続のこと。

わが家の両親はわりと長寿で、二人とも八十歳過ぎまで生きてくれました。

普通のサラリーマン家庭だったので、遺産らしきものはマイホーム一軒しかなく、三十年前の当時はこの程度でもマシなほうだったと思いますが、ぼくは相続を放棄して何ひとつもらいませんでした。

「家一軒じゃ、子ども三人で分割のしようがない。もらってもむしろ邪魔だし、揉めるのもイヤだ」

そんな思いで、弟と妹の名義にしてスンナリ遺産相続は完了しました。長男のくせに両親の面倒は弟や妹に任せっきりだった、これじゃ相続する権利なんてないも同然ですけどね。

わが家はともかく、世間一般で相続というのは、遺産の大小にかかわらず揉めるのが常ですね。お通夜のさなか、それまで仲のよかった兄妹が未亡人そっちのけで口論になった実例が、ぼくの身辺にもありました。

「人間の欲はキリがない」

と仲裁に入ったお坊さんまであきれる始末。マイホーム一軒に預貯金ちょぼちょぼの遺産ですらも、タダでもらえるとなったら君子も悪い方へ豹変するってわけですね。

友人のT君が遺した自宅は都心とはいえ四十坪ばかりの小住宅。引き続きそこに住む未亡人と兄弟二人が三等分の相続をすることになったところ、弟の要求は、

「土地も家もいらないから、その分、現金でくれ。だっておれの持ち分は名義だけで、売りたくても売れない財産じゃないか。そんなもの今もらっても、何の役にも立たねえよ」

弟の言い分はまちがっていないが、さりとて現金の用意もないから、これじゃ遺産相続は成立しません。揉めて揉めて、決着は兄弟とも今回は遠慮して未亡人だけが家と土地を相続し、残余の預貯金・保険を兄弟が分けました。

Bさんの家はもっと大変で、弁護士まで介入しました。というのも長男が最後まで亡き父母の面倒を見たため、相続は全部長男の権利、と生前から両親も口にし弟妹たちも異論がないはずだったのに、いざ相続という段になって、「私たちだって財産もらう権利はあるわ。民法で保証されてるでしょ、みんな平等だって」

と弟妹たち。これも当然の主張ですが、長男側にしてみれば、じゃ両親の介護をしたわれわれの立場はどうなるんだ、長男が全部もらうのは親の遺言でもある、ってことになるのです。

「遺言書でもあればいいのですが」

と弁護士も頭を抱えていました。

民法通りの法定相続も理くつではその通りですが、情的には、介護の事実と実績も無視できません……。

こうなると、ますます複雑でややこしくなります。遺族たちが感情的になればなるほど問題はこじれる一方。根底に欲がからみ、まわりの親族たちが入り乱れて相続が〝争続〟となって、遺産分割の泥沼闘争は限りなく続くのです。

「遺産相続は、大資産家ほど死亡後の流れを生前きっちり作っておくから、めったに揉めません。フツーの家庭が意外と一悶着おこしますね。家族間の相続プランが全くきまってないせいで、欲と欲がぶつかりあい、民法に従う解決すらスムーズにいかない例もあります。私どもの立場でいわせて頂くと、相続の揉めごとを防ぐにはせめて遺言書ぐらいないと……」

という弁護士の体験談も耳にしますから、財産がマイホーム一軒しかない一般家庭といえどもこの問題に無関心であってはいけません。

でも、ですね、相続のコツはただひとつ。

「未亡人は全財産の、半分もしくはそれ以上を堂々と相続しよう」

これに尽きます。かりに税金がかかってこない程度の小財産なら、未亡人は全部相続したほうがいいでしょうね。

「それをいうなら、長男の嫁はどうなるの？ 献身的に介護してもビタ一文権利がないのよ。法律そのものが不公平だわ」

という不満の声もあります。揉めないキメ手は、遺言書の作成かもしれません。遺言書は民法の法定相続を超える力を発揮しますから、長男の嫁にも何か分けられるし、未亡人の全財産相続も可能です。

相続税課税なんて、これから増税になっていきますが、そんなに心配する税額ではありませんよ、大資産家でない限り。

相続税が心配の人は専門家に相談することですね。

相続の揉めごと回避は遺言書で

遺言書作成の目的の一つは、死後の相続争いを回避することにありますが、それだけではありません。自分亡きあと、老妻の世話をどの子に託すか、これを遺言に盛りこむ人もいるでしょうし、

「おのれの人生の総括をしておきたい。親しい人へのメッセージも残しておきたい。財産分けより、人生の総決算となるような遺言書を書いておきたいものだ」

こんな友人もいます。

何を書き残そうが自由だし、一度書いてまた書いて、何度書き直してもかまわないのが遺言書です。効力を発揮するのは直近の、日付が一番新しい書面だ

けですから、遺産分けにかかわる自分の最終意思をここに盛りこむこと。そうしないと、スムーズな相続は執行されませんので、この点だけはお忘れないように。

わが国でも遺言書を作る人がふえてきたそうで、それだけ相続争いが多いのでしょう。金融機関の信託業務も活発なPRをしています。マイホーム一軒のささやかな資産といえども、遺言を残すことで遺族たちが無用の争いをしないですみますから、遺言書作成は資産を持つ人の義務と責任という言いかたもできるでしょう。

「煽動《せんどう》するなよ。だからニセの遺言とか、ムリヤリ脅して強制的に書かせたヤラセ遺言なんてのが出現するんだ。本人の死後、裁判沙汰になった事件もある。遺言も良し悪しだ。遺族たちの良識にまかせるさ」

という意見もあって、この友人は家族会議を何回も開いて遺産分割の協議書をこしらえたそうです。かなりの財産があったからこその方策だ、と思います。

一般家庭の場合は、弁護士に依頼するか、公証役場へ行くか、どちらかでしょうね。公証役場がけっこう利用されてると聞きますが、これは費用が割安の上、わりと手続きなどが簡単なせいかと思われます。

公証役場で遺言書を作成してもらいますと、一通はあちらで保管してくれ、執行面まで面倒みてくれますからとても安心です。その気があるなら、近くの公証役場へ出向いてご相談されるのがいいでしょう。

公証人は、この財産はどの子に、あの財産はどの子に、というようにこちらの意思を細かく忠実に反映した遺産の分割法を文書にまとめてくれます。

気が変わったらまた出向いて、新規の遺言書に作り直すことも可能ですから、一度作ったらもう変更できないという制約や、不便不都合さはありません。

「個人で書くのはダメなのか」

という質問をよく受けますが、自筆の遺言書でも効力はあります。署名捺印、日付、財産の内容と分けかたなど、きちんと条件を充たしていれば、立派に通用しますが、ただ、個人で書き、個人で持っていると、開封された状況だったり、死後その発見が遅れたりで、問題なしとしません。揉めごとのキッカケになります。

やはり遺言とは、遺族にとって財産のゆくえを左右する一大宣告書ですから、公証役場や弁護士などが関与した公的の権威ある書面にまとめることをすすめます。

「遺言書はただ書けばいい、ってもんじゃない。管理、執行まで責任もって専門家にやってもらわないと、遺言のイミがない」と強調しておきましょう。

遺言書でいたずら？ したたかな老後安定作戦

不謹慎に聞こえるかもしれませんがね、一通の遺言書で親族たちをキリキリ舞いさせる痛快ないたずらもできるんです。

例えば、愛人に何かやりたい。これは遺言書に明記することによって彼女の権利が生じ、民法の平等原則とは違う分割が実現します。法定相続人より二割増しぐらいの税金が愛人に課せられますが、愛人は喜びますよ。

「親身になって身内以上に老後を介護してくれる人に、御礼を込めて何かあげたいんですが」

こんな相談を老婦人から受けましたが、子どもたちに全部相続させる気にはなれない、他人だが介護であたしに尽くしてくれた人に報いたい、という話でした。これは遺言書に、ナニをどのくらい誰に与える、という具体的な指示を記すことでほぼその通りになります。

遺された子どもたちは少々不満かもしれませんが、本人の意思がきっちり貫かれたことで心残りはないはずです。

長男の嫁のケースもこれに準じて遺産分けができます。

また、やや特例ですが、

「父のあたしを裏切った憎いムスコにはビタ一文やりたくない」

こんな実話もありました。生前に勘当して縁を切って他人になっておけば、この息子に相続権はなかったのでしょうが、血縁関係が続く以上は、息子にも他の子どもたち同様の法定相続権があります。そこで父は、遺言書の分割案から息子をあえて除外し、生前の口惜しい思いを晴らした、ってわけですね。

息子がこれを受けいれずに、相続発生から三か月以内に、遺留分請求の裁判を起こせば、息子にも遺留分の権利は認められますが、父の憎しみの執念が息子に伝わるのは間違いありません。

民法の平等精神とは相反するこういう私情も、遺言書は叶えてくれます。乱用はどうかと思いますが、世間には似た事例が少なからずあるのではないでしょうか。

「うちのバアさんは遺言書をオモチャにしてわれわれ子どもたちをからかうんだ。タチが悪いにも程があるよ。正月はきまって家族を集めて、〝遺言おどし〟をやるんだから」

これは大地主で知られるHさんの話ですが、彼女は正月に親族一同が集まった席で、遺言状をヒラヒラ見せびらかせて、

「今年も新しいのに書きかえたよ。あたしに冷たい人はもう消した。良くしてくれる人には、財産たくさんあげる。今年の実績次第で、また来年は新しい遺言作るからね」

これが〝遺言おどし〟です。親族はたまったものじゃありませんが、バアさんに嫌われて大財産のおこぼれをフイにしてもつまらないので、一同ただただ苦笑いするしかないそうです。

さぞかしバアさんは痛快でしょうね。こうして自らの老後を安泰かつ快適に守っているのでしょう。いわば遺言書き直し予告による、したたかな老後安定作戦ですが、ぼくの思うに、彼女は遺言の書き直しなんて実は、毎年していないのでは？

彼女が遺言と称するものが実在するかどうか確認はしてませんが、想像をたくましゅうすれば、それは適当に何かが書いてある、メモ程度の一枚の紙っきれにすぎないのではないか、とも思います。さも重大なナカミがあるように思わせて親族たちの欲を弄《もてあそ》ぶ一種の老人パフォーマンスかもしれません。

となると、とぼけたババァだな、とあきれざるを得ません。この老獪《ろうかい》な知恵(?)はどこからきたのか? 大資産家といわれる人たちの身を守る防衛本能の然らしむるところでしょうか。

ともあれ、大資産家の話はこのさいどうでもいい。庶民レベルの一般家庭でも遺言書の作成が必要になってきた、そんな時代だと思いますが、おたくの場合いかがですか。

迷走語録4

☆お金に執着している老人をバカにしてましたが、お金に無欲恬淡な人は早く老けますね。私の友人知人も、金好き女好きのほうが元気ですよ。無欲な老後は生きる意欲の減退にもつながりますね。

☆これまで、会社と家族のためマジメに生きてきたのだから、老後は手抜きしてもかまわんでしょう。毎日サルのように遊んで暮らす、怠惰に生きる。朝いつまでも寝ていられる幸せも捨て難いですよ。

☆男は仕事を離れると、拠り所を失って根なし草となる。家庭も拠り所になるとは限らない。金あっても心は安定しないが、金がないと不安で生きていく気力がわかない。男の拠り所は金なのか。

5 老後の心がまえは、ずばり50代から始める

50代は格差の曲がり角

最近なぜかぼくは五十代の人たちから、かれら自身の老後の不安や心配を聞かされます。八十年も生きてきたのだから、人生の先輩として何か助言や生きるヒントがあるのではないか、そんな期待があるのかもしれません。

ぼくに言わせれば、ぼくたち七十代八十代の高齢者は実に恵まれた時代の申し子であるし、これから先三、四年は日本もまずまず安泰だろうと思うので、いわば幸運な世代です。

この国の将来について不吉な悪いデータばかりがマスコミで報ぜられますが、それでもいま六十代の人たちはスレスレで何とか逃げ切れる世代でしょうし、五十代の人たちも工夫と努力で、悪い時代の直撃を受けないですむ軽症（？）

の老後になるような気もします。

「そんな気休めのセリフはやめてくれ。われわれ五十代は親や先輩たちに比べて、かなり不運できびしい世代にきまってるさ」

　こんなところが世代の声かもしれません。たしかに五十代と一口にいうけど、五十代の前半と後半の人ではかなりの格差があって、人によっては悪い時代の影響をモロに受ける。ここらはかなり明暗がわかれるものと思われます。

　どんな悪い時代になるか、についてはこの後いくつかのデータを並べてぼくなりの予測をたててみますが、それでも四十代以下の人たちに比べれば、五十代はまだマシといえるかもしれません。

「そんな寝言は聞きたくない。われわれ五十代の追いこまれた実情を知らないから、そんなお気楽なことがいえるんだ。われわれの置かれた立場は、十年二十年後の明るい展望が開けてない、きびしい地獄の入口にいるんだぞ」

　と怒る読者もいるでしょう。これはややオーバーとしても、五十代の、とくに男性たちが不安と迷いのどん底に投げこまれた、そんな実感を抱いているであろうことは察しがつきます。

仕事に追われ、子弟の教育で悩み、親の老後や介護も頭をよぎる。自分のことだって思うに任せないのに、家族たちの将来を考えたらこの先わが家はどうなるんだ。安定した老後のためにはどんな準備をしたらいいんだ？

考えても計画はまとまらない、確たる方針も打ちだせないその日暮らし、これが五十代の現実ではないか、そんな気がします。

ぼくの分析では、

「五十代は生きる場所が狭くなる一方で、そこへ家長の重圧がのしかかり、先行きに明るい見通しがないまま、いたずらに年齢を重ねるだけ。不安と焦燥のまっただ中で、役に立ついい知恵と情報を求めている」

ざっとこんな感じでしょうか。

ぼくが耳にする五十代の人たちがよく口にする言葉は、自信喪失、耐用年数切れ、自己嫌悪、情緒不安定、軸足のブレ、努力と才能の限界、仕事の展望開けず、体力の衰え、経済不安、相談相手なし、などなど。

「夫婦間でも、老後の課題はあいまいのままだし、友人たちとも本音では話しにくいし、雑誌なんか読んでも総論だけでナカミがたて前だけの常識論だし、結局将来のことは具体的に深く考えないで逃げてしまう、誰もこんな所かと思いますが」

と一流企業のエリート社員までがこうですから、老後の準備をコツコツ着実に積み重ねている人なんて少ないのです。ぐちっぽい人は酒がはいると、かなりひがみっぽくなって、

「公務員はいいよな。天下り先もあるし、年金も民間よりいいし、何といってもリストラがない。同じくらい恵まれてるのが、大企業の連中だ。厚生年金に企業年金をのせたら、月に四十数万円だって。世の中、不公平すぎないか」

すると酔った同僚が慰さめて、

「運と不運は人生につきものさ。七十過ぎたらみんな諦めて擬似安定期に入る、ってオレの兄貴が言ってたぜ。老後は何とかなるもんだってさ、日本が潰れない限りは」

「ああ、おれの人生何だったんだ。これでまだ二十年以上もおれは生きなきゃならん。えらい時代に生まれてきたもんだ」

話はどんどん情けなくなっていく。ほんとに日本国民の将来はまっ暗なのか。マスコミを通して世間に広く知らされた不安で気になる情報を概観してみましょう。

試みに、手もとにある雑誌類から将来データらしきものを拾ってみます。

＊この十年間で、「孤独死」は約三倍に。六十五歳以上では四倍以上に増加。

＊働く六十代が増えている。就業者率は六割に近づく。今後さらに上へ。

＊四分の一弱が貯蓄ゼロ。二人以上の、五十代世帯の金融資産保有額については、貯蓄一千万円以下の世帯がなんと六割も。（信じたくないけど、金融広報中央委員会の調査）

＊老後は不安だが、生活設計を立てている人は三割程度。世帯主が五十代の家庭では、九割が老後の生活を心配しながらも無策に近い状況。

＊男おひとりさまが急増。五十代で男の単独世帯数が百万を超える。これは女性のおひとりさま世帯より多い、十数年前からこんな傾向になったらしい。

――この種のデータをどこまで信じていいのか疑問ではあるが、然るべき調査数字だから参考にするのはいいでしょう。

「一番気になる心配は年金のことだよ。いま五十代のわれわれの年金はどうなるんだろう。もらえない、なんてことは絶対ないよね」

こんな疑問に答えて年金関連のデータを調べてみると、確実なことは、「年金保険料の負担はさらに上り、将来の給付額はいまの水準よりがくんと下る。支給開始年齢も数十年先には、六十代後半（昨今、六十八歳説も流れた）になるだろう」

ちなみに直近の年金額ですが、サラリーマンたちの厚生年金は夫婦二人で月額二十三万三千円足らず。自営業・自由業などの人の国民年金（基礎年金部分）は月一万五千円の保険料に対して満額の給付は月六万円台だが、これもいずれ低減して五万円台になりそう、こんなところが実態らしいですね。

若い世代のほとんどは、

「国のくれる年金なんかアテにしてない。保険料払ってもどうせ貰えないんだから、ほんとは払いたくないのに、天引きされてるから、もう成るように成れ、だ」

テレビなどでもキャスターや評論家たちが、「年金制度は崩壊する」なんて無責任なコメントで年金不信を煽ってますから、現役の人たちの間では、世代を問わず年金不安と不信が定着しつつあります。

こうして老後の危機感を増幅させるような情報データが、次から次へと公表されていきますから、いまさらくり返すのもヤボとはいえ、その種の情報も念のため思いつくままに列挙してみます。
＊この十年内に消費税率十五パーセント必至。ゆくゆくは二十パーセントか。
年金、健保などの保険料もじょじょにアップ。
＊大学生の学力低下で日本の教育レベル危機。暮らしやすさ、幸福度は世界で21位とか。

＊国の借金一千兆円で日本国債格下げ。この借金、誰がいつごろまでに返すのか、まったく展望なし。
＊円高による競争力下落、国内産業空洞化で雇用情勢に暗雲。
＊人口減少で逆ピラミッドの超高齢社会、老人ひとりを現役の三人で支える騎馬戦型の構図が崩れ、ゆく手には老人ひとりを現役の一人が支える恐怖の肩車型の大負担時代へ突入の予測が。
「なにしろ日本は世界一の長寿国で、女性は86歳まで生きることになってますから、これはめでたいのかどうか。若い世代の負担はハンパではなく破産しかありません。おまけに高齢者の単身世帯はふえ続け全国平均で七軒に一軒。東京だけ見ますと、ゆくゆくは三割が高齢者の単身世帯という予測データもあります。まさに亡国のブルースを奏でる国なんですよ、ニホンは」

ここまでの言辞を弄する学者もいます。予測データといわれちゃ単純に反論というわけにもいきませんが、

「データはウソつかない。ウソつきはデータをうまく利用する」

これがぼくの八十年の生活体験による真理（？）ですから、とりあえずは半信半疑としても、ほんらい老後の生きかたのお手本など、あるわけがなく、老後は十人十色、いや百人百色というくらい多種多様の生きかたがあると思って間違いありません。

「悠々自適は無理として、たとえ無為無策のまま惰性で生き長らえたところで、殺されるほどの悲惨な老後なんてまずあり得ないな。いまのところ、けっこうみなさん無難にそこそこ大過なく生きている。十年二十年先、世の中どうなってるか誰にもわからない。いやいや五年先だって予測がつかん。となれば、心配してもしようがない、不安に脅えても疲れるだけだ。その日その日を楽しく生きられれば文句ないんじゃないかな」

こんな感じが、高齢者の平均的見方ではないかと思いますが、これはあくまでいま六十歳以上の人たちの話で、いま五十代の人たちの老後がどうなるのか、それはこの程度の楽観論が通用しないほど、地味できびしい耐える老後になるかもしれません。

思うに五十代の人たちは、世代間格差の曲り角に立っているのです。六十代から上は格差あるがゆえに恵まれた世代、四十代から下は格差の不公平をマトモに受ける苦悩の世代。さあ中間で右往左往する五十代の人たちは、どんな心がまえで自らの老後に立ち向かえばいいのでしょうか。

老親とどうつきあうか

一口に老後といいますが、自らのそれよりも頭が痛い目前の問題は、両親の老後です。

最悪のケースは介護をふくめ、夫婦それぞれの老親とどんな形でかかわることになるのか、これは想定外だけに準備困難な課題といえますね。

「子どもたちはアテにならん。イザとなったらお金で専門機関の世話になるしかないが、とりあえずは老老介護だ」

という友人もいます。たとえ経済的に余裕があっても老老介護は見るからに大変で、ぼくなどは子どもがいないせいもあり、介護つきの老人ホームを以前から用意して老後に備えています。とはいえ、周囲では、「親が元気なうちは何ひとつ心配の種がなかったけど、痴呆気味になってからわが家の経済は大混乱だよ。兄弟でおふくろの面倒みてるが、年にン百万、施設の費用など予想以上に金が出ていく。親父が生きてりゃもう少し楽だったかもしれないが」

こんなボヤキがとまらない後輩もいますし、「親を在宅介護してますが、親の甘えとわがままに手を焼いてます。年寄りってのは娘や嫁サンにとうぜんの権利のように無理難題を言う。これには腹も立ちますが、男は介護の現場にいないから、どっちの肩も持てなくて暗い毎日ですよ」

という嘆きの実話も。

世間では在宅介護を希望する老親が多いらしく、介護者が実の娘であろうが、息子の嫁であろうが、老親をめぐってはいろいろと軋轢《あつれき》があるようですね。

思うに、在宅介護というのは、家族の誰もが大なり小なり犠牲を払っていればこそ成り立つもの。時間、労力、お金、この視点からの大きな犠牲を家族が分担しながら、親の老後とつきあうわけですから、こういう実情は第三者にはなかなか見えてきません。

「面倒みてもらう親だって、遠慮や気兼ねはありますけどね、これは順ぐりですから我慢してもらわないとね。お父さんの老後はあたしが見たんだから、あたしのこともみんなできちんと世話してくれないと、あたしどうしていいかわかりませんよ、ここはあたしの家なんだし」

なんていう老親側の言い分も耳にしますし、親が在宅介護をえらぶ場合には、介護側はそうとうな覚悟が必要ですね。とすれば、

「親がそこそこの資産持ってれば、まあしようがないかな。ハッキリいえば、親がわれわれに介護代を払ってくれるなら、これも一種の仕事だと割り切れる、と女房は言ってるよ、長男の嫁として」

これもよくある話で、前の章でもふれましたが長男の嫁は無償で義理の親の

介護をさせられる、せめて相続の権利が欲しい、なんて声が二十年以上前には東京でよく聞かれました。そのせいでもないでしょうが、「いまの子どもたちは親の介護なんてする余裕がありませんよ。だからあたしたち夫婦、二人で相談して子どもの世話にならないで、何とか二人助けあって老後を乗り切ろう、という方針なんです」

これもぼくの周辺実例。こう考える高齢者が都会ではたしかにふえていますし、いまの高齢者は元気でわりとお金持ってるから、介護が社会問題化してる割には、いまのところ老親を持て余し気味の家庭は少ないかもしれません。

ぼくの主治医であるドクターの実務者としての意見によれば、こうです。

「在宅介護なんてきれいごと言っても、家が狭くて介護の部屋もないし、世話するヒマ人もいない。介護はだいたい女の仕事になるが、これは誰だって忙しいし面倒だから逃げたくなる。そこで公的施設はどうか、という展開になるけど、老人ホーム入居といっても先立つものは金だ。親がその金を用意してりゃ別だが、元気なうちからそういう資金準備してる高齢者はまだ少ない。時代の流れは、自分の老後は自分でみる、という自覚のもと、親自身がイザって時の諸準備をしておくことではないかな。むろん健康問題もふくめて」

どうやら行きつくところ、お金の話に集約してきましたが、だいじな点は、親が自力でどこまで老後の資金用意ができるかどうか、それが子どもたちの生活や親子関係を左右する、という結論になりそうですね。

「おいおい、それは裏返せば、親の様子をみながら、自分の老後のためにも充分な資金を用意しとけ、ってことになるよな。下手すりゃ、老後の悩みのタネは親子で二重苦という構図じゃないか」

と五十代の人たちはもう気づきますよね。五十代は親と自分の老後、両方を視野にいれながら老後の経済設計をしていかなければならない、そういう現実にいやでもぶつかるということに……。

老後難民にならないための心得は…

話を五十代に戻せば、かれらが将来への不安と迷いの中でアップアップしながら、老後の課題を模索している、この事実は否定できません。しかも老後は、自分のことだけでなく老いた両親もからむ運命共同体ですから、早いうちから万全の準備をしなくてはいけない、とわかっちゃいるけど、答えがなかなか見つからない、というところでしょうか。

そこで、こんな言葉がマスコミで。

「老後難民」

説明は不要でしょう。誰しも難民のイメージを自分の老後にあてはめたくはありません。雑誌などの特集では、「老後難民にならないための資産運用形成術」なんてのも、現にあります。

「読んでも実用の役には立たんよ。このトシじゃもうおそい。資産運用には時間と運も必要だし、タネ銭の資本《もとで》がない奴はどうするんだ」

などと諦めずそれらを参考にしながら、少しでも多くの貯蓄に励むことをすすめたいところですが、いまのところ資産運用の妙手妙案などない時代なので、ぼくの体験だけでいいますと、

「老後資金は、なくては困る。あり過ぎても狙われて困る。とすれば、お金はあってよし、なくてよし。貯めてよし、使ってよし」

なんだい、ふざけるな、禅問答じゃないぞ、と怒らないでください。こうとしか言えないくらい、前途はまるで不透明な時代なんです、日本も世界も、全地球が。

十年先、いや五年先だって、この国がどうなってるか、個人の暮らしがどう変っているか、まったく予測がつかないから、半ばヤケクソでも成りゆきにまかせるしかないのです。

「そうだ、人生は金なんかじゃない。健康を害したらそれで一巻の終わりだし、老後の金を心配しすぎても貯蓄がすぐに倍増するわけでもないから、万事は成りゆきだ」

と共感してくれたのは、落語ファンの某君。かれは立川談志の熱狂的ファンで、談志師匠が生前こよなく愛した談志名言のひとつが、

「人生、成りゆき」

これなんです。ぼくも八十歳の半ボケ状態でもう最終段階が近い心境から、あれこれ考えても現実は思うようにならないし、晩年になっても人生ナニが起るかほんとうに予想がつかない、成るように成るさ、と開き直るしかありません。強いて五十代の読者にアドバイスするとすれば、

「資産運用情報などに惑わされるな。お金をふやそうと焦れば、必ず失敗する。年とってからのお金の失敗は取り返しがつかない」

とまず投資面の慎重を強調してから、

「それより七十歳までは、仕事したほうがいいよ。そのための人脈作りを現役

時代にやっておく、健康第一という前提で」

でもこれだけじゃ怒られそうだから、参考までにぼくの目にとまった識者の意見を紹介しておきます。それは、充実した老後のための三条件、「健康、資産、スキル」。

似たような三条件でもう少し積極的なのは、

「家計見直し、収入増、資産運用」

前者のほうが現実的で、後者は若いうちならともかく人生の後半では、画にかいた餅のような気がしますから、いわば雑誌上の、いわば机上の空論と無視してもかまいません。

夫婦の関係も老後安定の鍵をにぎる微妙なテーマで、五十代の夫婦は月々の生活に追われてまだ想像の範囲でしょうが、子どもたちが巣立ったあと、いずれは老夫婦二人だけの味気ない（？）家庭になるのが普通です。

これが定年後のサラリーマンにとっては、つらい。仕事がなくて朝から夜まで家に引きこもるなんてのは最悪で、女房の顔見ないですむよう、できるだけ外出の機会をつくって逃げるが勝ち、と言いたいところですが、老夫婦の生きかた在りかたなんて実にさまざまですからね。

「うちは一つ屋根の下に年とった他人のオジサンとオバサンが同居してるようなもんだ、会話も必要最低限しかないし」

　という話があるかと思えば、

「会話があるだけいいな。わが家なんぞはケンカばかりの明け暮れで離婚したくてもできない、八方塞がりの生き地獄だよ」

　なんて、話半分に聞いても、およそ快適とはいえない老夫婦家庭もあります。もちろん仲のいい夫婦もあれば、定年後にうまく役割分担して夫婦逆転に成功した家庭もありまして、

「うちは女房が仕事で忙しい。そこで亭主のオレはヒマだから主夫業になったが、これが楽しくてね、買いものも料理も、近所づきあいも」

　どちらかといえば、楽天的な夫婦のほうが老後をうまく楽しんでますが、ど

この夫婦にも共通しているのは、奥さんのほうが元気で生き生きと暮らし、ご主人のほうがむしろ控えめで譲歩する、こんな傾向ですね。ぼくのまわりでも、

「主人が亡くなってから、あたし若返りましたよ。肩の荷がおりた、っていうか毎日が楽しくて、時間がいくらあっても足りません」

という、いわゆる未亡人になってからの老後、別人に生まれ変ったような例もあります。もちろんその反対もあり、相手を亡くしてからがくっと落ちこみ、急速に老けこんでいく場合も少なくありません。

「女は強い、男は脆い。若いころから、男女はこの通りなんだよ。まして女は妻となり子どもを産んで主婦の座が定着すると、すごい強気で家族を仕切る」

とぼくの友人がぐちをこぼすには、

「男は現役で働いてるうちがハナだ。仕事が終わったらもう蟬の抜けがら、生ける屍。窓ぎわにぶら下って揺れてるカーテンだ」

聞いてあげてれば、こういう泣き言がとまりません。人生いろいろ夫婦もさまざま、実はそこが面白いのですが、それではここでぼく流のちょいボケ老夫

婦仲よく安定の三カ条を開陳してみましょう。

その一は、いうまでもなく夫婦揃って健康であること。どちらが病いの床についても家庭は暗くなる、治療費のことも心配で前向きに老後が楽しめない。

その二は、夫の意識改革。老後は主役の座を妻に譲って、自分は謙虚なワキ役に徹することです。ワキ役は主役に逆らわず、少々の無理でも抑えて主役を立てるのが芝居の常ですが、老夫婦もこの要領が仲よく安定するコツです。

「簡単にいえば、亭主は女房に文句いわず批判せず理屈いわず、黙って従う、これがベストでしょうね、老後は」

とぼくが五十代の夫婦に提言すると、奥さんはキャッキャッ喜んでご主人をつつきます。それごらん、あなたもそうしなさい、という意思表示でしょうか。

わが家は住宅の都合から都心のマンションで別居していますが、たまに会う時でもぼくは気をつかい、妻の顔色をうかがいながら言葉を選んで会話していますからね、老夫婦の円満かつ安全のために。

老夫婦が余生をうまく過す三カ条その三は、ここが一番だいじなんですが、

「妻に長生きしてもらえ。妻に先だたれることは男にとって致命傷になる。願わくは妻より先に自分が死んで、早く妻を解放してやれ」

これです。自然の摂理である生死がそんなに思惑通りにいくはずもないので、あくまでこれは心の持ちかたの問題でしょうね。

妻に先だたれると、残された男はみじめで辛いですからね。ぽっかり開いた心の空洞にはまり、一人じゃ何にもできなくなる、妻なしではもう空しくて生きていく気力もなくなる。それ程のショックであること、身辺の実例でぼくにはよくわかります。

「そうならないためにも、五十代を過ぎた男は自立精神を養成しておかないといけない。自立精神は老後どんな場合にも役だつ」

いかがでしょう。ぼくとしては平凡ながら、ごく明るく前向きに老後を考えているのですが、しょせん人生は思うようにコトが運ばず、一寸先が闇と欲の世界ですから、果して五十代の読者に、いやそれより上の世代の読者にも、何かのヒントになりましたかどうか。

迷走語録5

☆百パーセント完璧な老後準備なんてありえません。人生は想定外のことが起こる。とくに老後は、家族をふくめ、なにが起きても不思議ではありません。その時は、なまじの老後準備など役に立たないでしょう。想定外のことが起きたら起きた時で、その時に考える以外に手はありません。そういう覚悟で生きてるほうが楽天的になれます。老後準備はキリがありません。

☆年齢を重ねるに従い、生きる自信がなくなってきますね。現役のころは若気の至りで過剰なくらい自信に充ちていました。定年とともに自信がなくなり、七十歳過ぎた今は自信喪失状態です。仕事がないせいもあるかな。

6 いよいよ「最終準備」です

「要介護」になる前に、これだけはやっておこう

どうやら、最終章までできました。ここらで、できれば避けて通りたい究極の老いの問題に入りましょう。これまでも随所でふれてきましたが、ここではより現実的な事情を。

最近は〝介護付き有料老人ホーム〟がどんどんふえて、在宅介護より施設介護を希望する高齢者が増加しつつある、なんてことを耳にします。

「でも費用がバカにならんだろう?」

と言われればその通りで、月々二十万から四十万円ぐらいの出費を覚悟しなければなりません。

ぼくが住む老人ホームは、介護棟が隣接し、元気なうちはホームで生活でき

ますが、要介護になったらそちらの施設へ移る、という形態です。びわこ湖畔の「アクティバ琵琶」という関西ではわりと古い有料老人ホームだから、ごぞんじの読者がいるかもしれません。

友人K君の母親は、東京都内の某ホームにいます。ここは入所一時金（千九十二万円、非課税）を払うと月額利用料やオプションが食費込みで二十二万五百円、入所金なしだと月額三十五万五百円。このほかに雑費が加わると、月に四十万円ぐらいは本人か、家族が負担せざるを得ないでしょう。

「おれが全部出してる」

と親孝行（?）のK君は言ってますが、母親は九十二歳でクルマ椅子生活。先日、見学がてら訪ねたら、母親いわく、

「こんなにみんなが来てくれるとわかってたら、お化粧して待ってたのに」

ザンネン、という顔をしてました。

ぼくの考えでは、在宅より施設でプロの世話になるほうが自分と家族のためだ、と思いますね。そのための費用は生前から自分で用意し、有り金ほとんど

を子どもたちに預けて、「この中でヤリクリしてくれ」とかれらに一任するほうが、どちらにとっても正解ではないでしょうか。

ホームの介護費用を子どもたちに負担させるのは、とうてい荷が重いと思いますから、この理由で在宅介護を選ぶケースもあるでしょうが、在宅介護ってのは、前項で話した通り、誰かが犠牲になって時間と労力を介護に注ぎこむことになります。

「かえって、娘や嫁に迷惑かけるから」

こんな気兼ねで施設入所に踏みきった人もいますが、介護はプロにまかせたほうがむしろ安全で快適ですね。個人の家は老人介護用にはできていませんし、一部改造してもしょせん専門の施設にはかないません。

問題は場所で、見知らぬ遠い土地の介護付きホームを選ばないこと。

やっぱり生活していた家にできるだけ近い、そして土地になじみのある地域か、そうでなければ、家族の誰かの自宅近くにする。それだとたまには訪問してもらえるから、さびしさもまぎれます。

遠い場所のホームに入ってしまった人は、しばらくの間、異郷に島流しにされたような喪失感に襲われるそうです。

ぼくの場合も、びわこは東京から遠隔の地です。知りあいもいないし、土地勘もない。静かであれば静かである程、孤独になって東京へ帰りたくなるのです。いまのところは半月単位の行ったり来たりですが。

「クルマ椅子になったり寝たきりになったら、そんなグチ言ってられない」と思いますが、今になって、人生の最後はもっと東京に近い場所にすべきだったかな、と少し後悔しています。

ひとつだけ、注意点がある。K君の母親も言ってましたが、

「突然ヒザが駄目になってクルマ椅子になったけど、あたし自分がこんなになるなんて思いもしなかった。これじゃひとりで暮らせない。こういうところにいれてもらえてほんとに良かった」

これは誰にもあてはまります。死ぬまで元気で故障もなく自宅で無事に暮らせるとは限りません。いずれ要介護の身になる可能性が誰にもあります。

その時あわてて介護施設をさがしても、一日や二日で自分好みのいいところが見つかるはずがありません。

お金の用意も必要ですが、介護施設のメドをつけ、あらかじめ夫婦でバス見学会などに参加して、情報や知識を集めておいたほうが安心だ、と思いますね。利用料の安い公的な特別養護老人ホームのような所は、どこも行列でウエイティング老人の数が何百人なんてのがあたり前の状況です。

とても順番を待ちきれません。やむなく有料の介護付き老人ホームをさがすしかないのです。介護は介護のプロにまかせたほうがいい、という面もありますが、それ以上に、

「在宅介護は家族関係をこわしかねない」

この恐れがこれからも表面化するでしょう。

ぼくの知りあいで、老老介護の夫婦が何組かいます。頭は下がるけど、共倒れのほうを心配してしまいます。要介護にならぬよう、人はみな、自己責任で老後を乗り切るしかないのでしょうか。

「長寿」より「ピンコロ」がいい

苦しんで死ぬのはイヤですね。うらやましがられるような死にかたがしたい。誰でもそうじゃないでしょうか。

テレビでプロ野球を観ていた中年サラリーマン、九回裏の逆転ホームランに思わず大拍手して、そのまま倒れてしまう。クモ膜下出血での死でした。

仲間でマージャンやってました。万貫上がって「ロン」と叫んだまま卓上に突っ伏してそのまま息を引きとったサラリーマンもいます。仲間のひとりは、

「おでこにイーピンのあとがついていた」

と面白半分にカレの死を語っていましたが、これも死の形のひとつです。

某有名女優、九十歳過ぎていつも通り夕飯を食べ、「ごちそうさま」と箸を

れました。

置いたまま横に倒れました。大往生だ、幸せな死にかただ、とテレビで報ぜられました。

ゴルフで、ティーグランドの第一打。「ナイスショッ」とみんながボールの行くえを見守る中、本人は崩れ落ちた。救急車を呼んだが、間にあいませんでした。

同じくゴルフ。ドラコンで最長距離を飛ばし、「どうだ！」と周囲に声を掛けたままドライバーを支えに、動かなくなった。それがシングルの腕前最後の見せ場となりました。

こういう死にかた、本人や遺族にとっては不本意きわまりないでしょうが、第三者的には、うらやましい死にかたとも言えます。

世間では、幸せな最期をピンピンコロリと言いますね。ぼくもそうあってほしいと願っていますが、これぱっかりは予測がつきませんからね。長寿でピンコロ大往生できる人は、やはり幸運と言うべきでしょう。

「長寿は運ですよ。家系や遺伝で生まれながらの長寿体質の老人もいますが、寝たきりや痴呆で長生きしてもつまりません。直前まで元気でピンピン生きていてコロリといくほうがご本人も周囲も満足でしょうね」

と友人の医者は言いますが、とすれば、ぼくは長寿を願うよりピンコロ死亡を切に期待してしまいます。

じゃピンコロ成功のコツみたいなものはあるのか？

あるならばその通りにやるぞ、と意気ごんで質問してみると、医者の答えは全くぼくに当てはまりません。

「第一は、歩くことです。駅の階段の上り下り、タクシーには乗らない、毎日楽しみながら早足の散歩、こういう努力がピンコロにつながります。科学的根拠はないが、少なくとも病気で苦しむ確率・可能性は低くなりますからね」

ぼくはだめだ。歩くことが嫌いで一キロも歩くと、もう疲れて休んでしまう。

「第二は心臓をドキドキさせることですかな。マージャン、ギャンブル、ゴルフ、何でもいいけど、楽しみながらドキドキする、こうなれば、ピンコロ死が近くなります。これも根拠があるようでないが」

おいおい、ホンマかいな。友人の医者のことだから、話半分に聞いておくが、医者も一般論しか言わないから、どこまで信じていいか疑問も感じます。

「第三に、考えることですね。どんな事でもいいから、漠然といつも何か考えていると、頭が体操してる状態だから寝込まないですむかもしれません。これも説得力が足りないが、医師として症例を見てそう思うだけで、むしろ個人的なアドバイスです」

何てえことはない、煙に巻かれた。この医者は友人だから雑談っぽく教えてくれただけで、この三原則をマトモに受けるわけではないが、とりあえず、ピンコロ成功の近道をまとめてみると、

「歩く、考える、心臓をドキドキさせる」

ここらでしょう。この話を同年代のマスコミ仲間に話したら、

「それは原始時代の人間に通ずるね」

と唐突な感想をもらしました。

「原始、人は食い物を求めて歩いていた。暮らしを便利にしようと、常に何か

考えていた。そして他の動物の危険から身を守ることで、常にドキドキしていたかも」

老人は無責任な思いつきを口走るから笑いますね。

でも一部、ぼくは同感しました。たしかに動物は、餌食って運動して休息して考える、原始人間もこういう生きかたしてたみたいですよね。これでピンコロかどうかは保証の限りではないけれど…。

親族だけのお葬式がいま風…?

ぼくはお通夜、お葬式をしないことにしています。遺言書にそう明記してあるし、妻も承知していますから変更はありませんが、友人知人にお悔やみお焼香などを希望された場合どうするか、ここが頭の痛いところ。

葬儀をしない理由は、死と同時にぼくの人生は切れておしまい、その後のことには関心がないから、なんてヘリクツは言いませんが、お葬式、お通夜は何かと他人さまの時間と手間をとらせるので心苦しい、そんな感じです。

「子どもがいれば話は別かも……」

と妻も割りきっていますが、最近は親族だけの内輪で葬儀をすませる例が多くなっているそうで、傾向として、小規模化と簡素化が主流だと聞きました。いわゆる直葬という考えかたも出てきました。

「あたしもお葬式しません。献体してますから、心配いらないんです」

という老婦人に会いました。献体はぼくの両親も登録して亡くなったので事情を少し知ってますが、献体とは人体解剖学の研究に自分の遺体を活用してくれと、医大や歯大に生前から無条件で提供の約束をすること。

献体したい大学は自分で選べますし、ちゃんとした書類を取りかわします。死亡時に大学側から遺体引きとりのお迎えがきてくれる、供養もしてくれるので、葬儀の心配はしなくてすみます。

「でも、お骨はどうなるの？」

こんな疑問には、うちの父の例をお話ししますとね、父は、病院で亡くなり、その場から直ちに遺体は大学側へ搬送されました。

お骨は二年後でしたか、大学側からぼくたち遺族に戻されましたが、父の葬儀は親族だけで簡単にすませ、表向きは何にもやっていませんから、いただいたお骨をお墓におさめて、これでおしまいでした。

ただし問題がなかったわけではなく、亡父の親族たちが、なぜ葬式をやらないのか、と長男のぼくに言ってきました。

「これじゃ兄貴は成仏できない。どこか冷たい地下室に遺体のまま放り出されているのか、遺体を解剖されちゃったのか、どちらにしろきちんと片をつけてくれないことには、兄貴がかわいそうで、私らはたまらん。このまま終わらせるつもりか」

これはもっともな話で、献体のことを理解していない面もあるけど、親族の心情としては無理もない。かといって今さらお葬式もできないので、お墓まいりだけしてもらったことを覚えています。

戒名、お墓…最期の準備あれやこれや

戒名のことですが、これも絶対必要だとは考えない人がふえているそうです。戒名不要の意見はいろいろで、値段が高すぎる、俗名でけっこう、宗教がちがう、などですが、ぼくももちろん戒名をつけてもらいません。

「お知りあいのお父さまが亡くなって、上野の寛永寺でお葬儀をなさいました。戒名代だけで、なんと数百万円したそうですよ、ご親族から聞いた話なので真偽の程はわかりませんが」

これは特別のケースでしょうが、戒名の相場なんてあるようで、ないような、それこそピンからキリまでというのが世間常識のようです。葬儀社が仲介した

り、お寺へ直接納めたり、こちらの家柄、経済レベルなどによって上下します。ま、三十万円から百万円まで、これが戒名代の標準でしょうね。

「戒名がなくてもお寺はお葬式やってくれるのか」

という素朴な疑問、宗派によってちがうと思いますが、故人をあの世へ無事に送るためには戒名が必要というのが、お寺の立場ですから、戒名なしというわけにもいきません。「故人の遺志だから」と強引に俗名のまま通した例も聞いていますが、時代の流れとともに、戒名不要論が今後いくらか浮上すると思います。

「戒名問題よりも、お墓のほうに時代の傾向があらわれていますよ。当世流の、死後のありかたといいましょうか、お墓も家単位から個人単位にサマ変わりしつつあります。永代供養墓の増加がその一例で、最近は都心のお寺はどこでもやってますよ」

とお寺関係者が話してくれました。

そういえば、新聞や週刊誌の広告で見かけますよね、何頁かにわたるお盆特別企画の広告に、「永久なる安息を。死後の供養・管理も安心」

これが寺院や霊園が管理する永久供養墓。宗派や宗旨にこだわらず誰でも生前に申しこめ、料金も数十万円単位ですみますから、希望者急増とか。

ぼく自身はびわこが一望できる比叡山延暦寺大霊園の一画にある、老人ホーム専用(?)の供養塔にすでに申しこみ済みですが、これなら遺族(うちは未亡人となる妻)にも負担をかけないし、家単位のお墓を守ってもらう必要もありませんので、死後が安心です。いやいや、死んだらハイそれまでよと思ってるのに、死後の安心なんて矛盾しているようですが……。

「この永代供養墓なら戒名もいらないかな」

と強いて仰言《おつしや》るなら、まさにその通りで、現代人の死への考えかたがかなり変りつつあるのです。お墓は費用が高いし、継承してくれる子どもたちも頼りないし、死後はもうお寺に一任したほうが気楽だ、と考える人たちの需要がふえたせいで、この新型の永代供養墓は都心をはじめ全国的にふえる一方。ざっと四百か所以上も。

老いて残り時間が少なくなれば、誰だって、最期の迎えかたを考え、心配と不安が頭をもたげます。ぼくたち夫婦の場合、子どもがいないという事情から面倒のない自分流ベストの方法にいきついた、ということになります。

通夜・葬儀はしない、お別れ会もしない、戒名もなし、お墓は自分だけの永代供養墓へ。人間はひとりで生まれてひとりで死ぬ、と思えば、これも一つのスッキリした選択と、ぼくは勝手に思っているのですが…。

「好かれる」老人になりたい？

人というのは、あっという間に年齢《とし》をとるもので、ぼくも気がついたらいつの間にか八十歳。

ふり返ってみると、マスコミの仕事に五十年近くもかかわり、議員生活が二十四年、大学の先生が十数年、どの分野も懐かしくて楽しいエピソードにコト欠きませんが、世間の評価は自分が思っているほどではなく、

「陳平は、なにやっても中途半端だったな」

こんなところで、ぼくから見ても、二流の人生だったな、そう思って苦笑してます。

これじゃ老後の迷走もとうぜんだ、というしかありませんが、七十代のころは、

「死ぬまでに自分の一生を総括しておきたい。半生記をまとめるのも面白い」

そういうつもりでいたものの、そんな境地にはとても達せず、部屋の整理や持ちものの処分処理もできないまま、今日に至っています。

正道にいうなら、

「人生とは何ぞや。オレの人生は何だったのか」

と自問自答しようにも答えは見つからず、もう面倒なことはいっさいご免、どうでもいいや、という開き直った感じの余生なんです。

これまで八十年も好き勝手に愉しく生きてきましたが、いまの率直な気持ちは、

「人生は運が八分、いやそれ以上かも。努力や才能などは一分か二分かもしれない、自分に関しては」

そう思えるほど、ぼくの半生は幸運に恵まれたということで、「もっと努力しておけばよかった」という後悔も多少あります。

今さら何を言っても始まりませんが、男も八十歳を過ぎるともう食いけだけで、いろけのほうはもはやゼロに近く、あれほど好きだった女性関係の遊びもいつの間にか遠い世界の出来事になっています。

「実技はムリでも、目スケベではまだ健在だろう?」

と周囲から突っ込まれますが、妄想をかきたててもカラダが反応せず、好奇心すらカラ回りするいっぽうで情けない限りです。

最近はなぜか、老人SEXを特集する週刊誌の記事が目につくものの、読んでもまったく刺激を受けない始末で、夜眠れない時なんぞ、

「エロじじいになって狂い咲きの晩年も悪くなかったのに」

などと苦笑しています。

とはいえ、ぼくは今のところ、うまい物を週に二、三回食えればいい、そういうメシ友が男女を問わず五、六人あればいい、という食いけ中心の方針が定着していて、

「うまい物を食うのが仕事だ」

そんな低レベルで満足してますから、もはや希望も目標も絶無に等しい毎日です。

そして思うことは唯ひとつ。

「嫌われる老人にはなりたくない。できれば、好かれる老人がいい。果たしておれは、人から好かれているのか、嫌われているのか」

こんな問いかけです。正解は自分ではわからぬながら、自分流に、好かれる老人の必要条件のようなものをヒマつぶしに考えてみました。

その前に、嫌われる人というのは、一般的には次のようなタイプですよね。

一、お説教好き
一、おせっかい焼き
一、知ったかぶり
一、自慢大好き
一、自己チュウのかたまり

誰にもこういう傾向が多少はあるでしょうが、老若男女を問わず、このタイプは敬遠されるのが普通で、とくに年齢を重ねてこれらの性向が高じていくと、嫌われ老人になる可能性大ではないでしょうか。

そこで、この五つの特性（？）は意識的に抑えるとして、じゃ好かれる老人になるためにはどうあるべきか、まとめてみると、およそ次のようなポイントが浮かびました。これまでの部分と重なるところもありますが、

★過去を捨てる

これは現役時代をすべて忘れることですから、仕事も肩書きも思い出も、過

去のにおいがするもの一切と絶縁することになります。

「つまり、昔話をくどくどするな。昔の肩書きにこだわるな。偉ぶった目線を捨てろ。こういう単純な教えかい？」

と解釈してもらっても結構ですが、過去を背負わない身がるな唯のじいさんのほうが、誰にとってもつきあいやすい相手なんですね。栄光ある過去だけでなく、苦しく辛かった過去も捨てるほうがいいでしょう。

好かれる老人になるための第二は、

★世間に順応し、適応し、埋もれて生きる

これは反論が出るでしょうね。簡単に言えば、世間の流れに逆らわず、何でもハイハイと万事受け身の生きかたに徹するほうがラクで疲れない、ってわけですから、いかにもうしろ向きで軟弱すぎます。

「年寄りはな、頑固で意地っぱりのほうが長生きなんだよ。死ぬまで頑張る生きかたこそが、健康のコツなんだ」

と強がる友人もいますが、ぼく自身は老いて体力が衰えたのに今さら頑張っ

て何になるのかな、と懐疑的ですから、

「それより若い人たちにごち走して、新しい話題にふれたほうが楽しい」

こういう主義を通しています。かつてはぼくも言いたい放題の憎まれっ子で世の流れに逆らったものですが、いまは恥ずかしながら、世間にゴマすって溶けこみ、世の中の流れに巻き込まれ流されて生きる、このほうが居心地がいいのだから、われながら堕落したものです。

「そんなに自虐的になりなさんな。オレも似たような打算的な保身術で生きてるよ、後輩にゴマすって」

と白状する友人がいるかと思えば、

「それは邪道だ。世間に迎合する風見鶏《かざみどり》人間みたいで、みっともない。プライドが許さん」

と大反対する会社役員もいます。

でも、好かれる老人を目ざすなら、世間に埋没し反論も自己主張もしない生きかたのほうがいいと思います。

好かれる老人の必要条件の三ですが、

★勤勉や努力と縁を切った、ぐうたら劣等生の自覚と実践

これは説明がいります。分らないことは何でも人にきく、若い人に新しいことは何でも教えてもらう、これが基本。教えてやろう、ではなく、教えてもらう、こういう老人のほうが嫌われません。

といって、聞かれれば教えてあげる、この両輪で若い人たちとつきあうに限ります。

「おれはもう役割の終った唯のじじいだ。前面にしゃしゃり出て偉そうに振るまうのは、みんなの邪魔だ。いつも後からついていく」

これくらいの心がまえに徹したい、と思っているのですが、まだその数歩手前で中途半端なのが残念です。

「陳平クン、あんたの考える、好かれる老人の三原則っていうのかな、部分的にはおもしろいが、そこまで身を落とす必要があるのかね。老人はみな、すでに固まった個性だ。一人ひとりが自分流を通す、それしか生きる道がないのではないか、たとえ嫌われても…」

言われてみればその通りかもしれない。ぼく自身、持って生まれた性格はもう変らないし、その上ここまで周囲に気をつかい、面倒くさい思いしてまで、好かれる老人になりたいとは本気で思ってませんし、

「好かれようが嫌われようが、老いぼれになったら、どっちでもいい。自由気ままに好き勝手に生きたい。放っといてくれ」

これがホンネでもありますから、好かれる老人になるための三原則なんてのには、あまりこだわりません。強いて、八十年生きてきた経験則（?）に従って言うならば、

「好かれる老人とは、ネアカで、オバカで、ひょうきんな、いじられキャラ」

少なくもこの中の二つを体現していれば、鬼に金棒ではないでしょうか。

どうやら独断と偏見がいきすぎて、ちょいボケも本ボケに近づきましたね。

好かれる老人像を追求したい一心で、想定外（?）の脱線をしたと思ってください。

最後に蛇足を。老年になってから、してはいけないことが三つある、とぼくは考えます。

「欲深の資産運用。ムキになる議論。マジな夫婦げんか」

いやこれはぼくだけに通用する話かな。

知り合いの高僧は、次のように教えていますが、このほうが現実的で前向きです。

「一にケンコウ、二にお金、三に友だち、四に配偶者《つれあい》、五で極楽大往生」

迷走語録6

☆老人は誰でも、やり直せるものならやり直したい、と思ってる。誰でも、あの日に帰りたい。金もおんなも要らん、若さだけ欲しい、これが実感だ。しかし若さを手に入れたら、金もおんなも、地位の欲も出てきて、やっぱり繰り返しだろう。

☆人生とは何か、おれの一生は何だったのか、わかりそうでわかりませんね。わかったと思う時もあるが、それすら断片的で、まとめようとすると、わからなくなります。死ぬまで人生わからん、それでいいのでしょうね。

☆時代はどんどん変化するが、自分はさっぱり変らない。変りたいけど、変れない。新しい時代に置いていかれる、そう思うと、生きることさえ無意味に思える。時代の変化に鈍感なほうがいいのかな。

☆老人に、生きる目標が必要だろうか。そんなもの、あってもなくても大差ないと思いませんか。

「老いは怖くない。目標を失って老いることが怖い」

という、ある冒険家の名言に感心したことがあるが、これは特別な天才だ。普通の人間は自らの才能と残り時間の少なさを考えれば、目標など重荷以外の何物でもない。老後はしょせん死ぬまでのヒマつぶし、これでどこが悪いのだろうか。

青春文庫

老《お》いの迷走《めいそう》
老後《ろうご》の明《あか》るい歩《ある》き方《かた》

2012年10月20日　第1刷

著　者　野末《のずえ》 陳平《ちんぺい》

発行者　小澤源太郎

責任編集　株式会社プライム涌光

発行所　株式会社青春出版社

〒162-0056　東京都新宿区若松町 12-1
電話 03-3203-2850（編集部）
03-3207-1916（営業部）
振替番号　00190-7-98602

印刷／大日本印刷
製本／ナショナル製本
ISBN 978-4-413-09556-3